A MULHER DE
VERMELHO E BRANCO

A marca fsc é a garantia de que a madeira utilizada na fabricação do papel deste livro provém de florestas que foram gerenciadas de maneira ambientalmente correta, socialmente justa e economicamente viável, além de outras fontes de origem controlada.

CONTARDO CALLIGARIS

A mulher de vermelho e branco

Uma história de Carlo Antonini

COMPANHIA DAS LETRAS

Copyright © 2011 by Contardo Calligaris

Grafia atualizada segundo o Acordo Ortográfico da Língua Portuguesa de 1990, que entrou em vigor no Brasil em 2009.

Capa
warrakloureiro

Foto de capa
© Jayme Thornton / Getty Images

Revisão
Márcia Moura
Luciana Baraldi

Os personagens e as situações desta obra são reais no universo da ficção; não se referem a pessoas e fatos concretos, e sobre eles não emitem opinião.

Dados Internacionais de Catalogação na Publicação (CIP)
(Câmara Brasileira do Livro, SP, Brasil)

Calligaris, Contardo
A mulher de vermelho e branco: uma história de
Carlo Antonini / Contardo Calligaris. — São Paulo:
Companhia das Letras, 2011.

ISBN 978-85-359-1843-4

1. Ficção brasileira. I. Título

11-03018   CDD-869.93

Índice para catálogo sistemático:
1. Ficção: Literatura brasileira 869.93

[2011]
Todos os direitos desta edição reservados à
EDITORA SCHWARCZ LTDA.
Rua Bandeira Paulista 702 cj. 32
04532-002 — São Paulo — SP
Telefone (11) 3707 3500
Fax (11) 3707-3501
www.companhiadasletras.com.br
www.blogdacia.com.br

A MULHER DE
VERMELHO E BRANCO

25 de junho a 11 de julho Nova York

Minha lembrança mais viva de Woody Luz é do nosso último encontro em julho de 2003, antes das férias.

"Vermelho e branco", ela dizia, "só vermelho e branco. Tudo vermelho e branco. Vai ser uma festa linda, uma festa vermelha e branca."

Woody (que na verdade se chamava Tânia — Tânia Luz) estava sentada na beira da poltrona; suas nádegas mal pareciam tocar o veludo do assento. Já fazia uma meia hora que ela se mantinha assim, afastada do encosto, como alguém que quisesse ficar apenas um minuto, prestes a se levantar e ir embora. Ela se erguia reta e rígida — o pescoço rígido, mas não reto: desde o começo de nossa entrevista, sua cabeça continuava imóvel e fortemente inclinada para a esquerda (minha esquerda). O rosto estava deformado por um sorriso forçado e excessivo ao qual seus lábios imediatamente voltavam cada vez que ela parava de falar. Mais impressionante ainda: Woody Luz não piscava — não que eu pudesse notar.

"Como assim?", perguntei, "o que é uma festa vermelha e branca?"

Essa história de vermelho e branco, eu deveria ter investigado antes. Afinal, em todos os nossos encontros até então (quatro, incluindo o que estava acontecendo) Woody, ou Tânia, que fosse, tinha comparecido sempre vestida de vermelho e branco. Naquele dia, por exemplo, antes de sentar-se, ela tirara seu impermeável vermelho e o deitara sobre o divã do consultório; embaixo dele, vestia uma blusa branca, uma saia vermelha e meias brancas. Calçava escarpins de um vermelho mais intenso e escuro que o da saia e o do impermeável, mas de um tom igual ao do cinto e ao da bolsa, que ela colocara, como uma espécie de escudo, em cima dos joelhos e à qual agora se agarrava com as duas mãos. Além disso, usava sempre uma base ou um pó de arroz muito claro, quase clownesco, que contrastava com as unhas e os lábios, pintados de um vermelho-vivo exagerado.

"Vermelha e branca", ela respondeu, como se as cores, por si sós, contivessem uma explicação óbvia da festa projetada. E acrescentou, sem piscar nem deixar de voltar ao sorriso forçado entre cada frase: "Será uma festa pequena. Só eu e as crianças. Tudo vermelho e branco".

Um arrepio subiu pelas minhas costas e desceu pelos braços. Estava tudo errado. Tudo, desde o começo.

Era julho, 11 de julho, uma sexta-feira. Era o fim da última sessão de meu último dia de trabalho antes das férias. No dia seguinte, viajaria a São Paulo e ficaria no Brasil mais de quarenta dias.

"Eu sou um idiota", pensei.

A sra. Luz viera me pedir uma psicoterapia três semanas antes, em 25 de junho, e eu lhe ofereci duas possibilidades. Eu a encaminharia a um colega que fosse permanecer em Nova York durante o verão e com quem ela poderia, portanto, começar um tratamento, ou então ela esperaria até minha volta, no fim de agosto.

"Por que esperar? Por que não começar agora?", tinha me perguntado a sra. Luz.

Eu respondi que evito começar um tratamento sem a perspectiva de alguns meses de trabalho; não gosto de interromper uma terapia sem ter tido tempo de entrar na história do paciente e de me familiarizar com seu mundo. Também acho temerário abrir gavetas sem dispor do tempo necessário para arrumá-las ou fechá-las de novo. E não há como saber, no começo de uma terapia, que gavetas se abrirão.

A sra. Luz era americana de nascimento, mas brasileira de fato; só tinha passado os dois primeiros anos da infância nos Estados Unidos. Embora fosse perfeitamente bilíngue, preferia falar português na análise. Disse-lhe que isso não era um problema; eu poderia encaminhá-la a um colega brasileiro.

Nada feito: ela queria se analisar comigo. Então, se não houvesse urgência, eu disse, que ela esperasse a minha volta; eu mesmo entraria em contato no fim de agosto.

Ela insistiu e explicou que eu não devia me preocupar com ela e com suas "gavetas". Acrescentou, ironicamente, que aguentaria sem problema a nossa separação temporária e, caso eu me esquecesse das nossas conversas iniciais, ela não se importaria em repetir tudo quando a gente se reencontrasse e recomeçasse o trabalho. Aliás, não iríamos "recomeçar" nada: "Se você prefere pensar assim, quando você voltar, no fim de agosto, faremos de conta que estamos começando do zero, o.k.?".

Talvez com a intenção de me tranquilizar quanto à eventual "gravidade" do seu caso, a sra. Luz acrescentou que estava terminando o mestrado de assistente social e que um dia seria terapeuta. Ou seja, eu precisava entender que ela não estava me procurando por causa de algum transtorno "sério", ela "só" queria se analisar para poder ela mesma se tornar psicoterapeuta. Em seguida, ela listou textos meus que tinha lido e que a levavam a querer, como ela disse, "formar-se" comigo.

Razão a mais, pensei, para me livrar dela. No meu trabalho, não tenho vocação pedagógica. Prefiro enfrentar o desespero, a aflição ou mesmo a depressão a lidar com a vontade de aprender; sempre desconfio de que a vontade de aprender sirva para esconder dores que não querem ser ditas e que permanecerão seladas. Aproveitei para lembrar a ela que uma análise didática deveria ser de, no mínimo, três sessões por semana, e eu não disporia de horários para isso, nem na volta das férias.

Ela não me deixou terminar e declarou que não tinha pressa; aumentaríamos o número de sessões mais tarde, quando meus horários estivessem livres.

Um golpe final acabou com as minhas objeções: como eu, ela iria viajar em meados de julho e voltaria no fim de agosto. Ia visitar a família, no Brasil, em São Paulo.

"São Paulo nós temos em comum, não é?", disse, procurando minha cumplicidade. Não reagi. Era possível que ela soubesse que eu estaria no Brasil na mesma época que ela; a palestra que me servia de pretexto para viajar aconteceria em São Paulo e já estava sendo anunciada havia algum tempo.

A sra. Luz acrescentou que as poucas sessões que poderíamos ter antes das férias seriam bem-vindas porque havia, sim, um problema sobre o qual ela queria conversar comigo desde já. Nada grave, nenhum transtorno, como ela dissera, mas ela tinha dois filhos, um casal, que ela adorava, e, agora que eles estavam na adolescência, ela e o marido não paravam de discordar sobre o que permitir ou tolerar e o que proibir. Eram diferenças que iam muito além do que ela imaginara, divergências que ameaçavam seu casamento e que já tinham lhe dado vontade, no passado, de enfiar os filhos embaixo do braço e fugir justamente para o Brasil. Óbvio, ela não ia fazer isso. Até porque, ultimamente, o marido parecia mais disposto a escutar a ela e às crianças. Mesmo assim, era urgente que ela ao menos esclarecesse as coisas, começasse a entender, para decidir o que fazer. Falar disso comigo, acrescentou, seria um alívio, pois esse era um assunto sobre o qual ela conseguia conversar apenas com a mãe, que vivia em São Paulo e só sabia sugerir que ela se divorciasse logo. A mãe nunca tinha aprovado seu casamento, e o pai, se ainda estivesse vivo na época, teria desaprovado ainda mais do que a mãe.

Bom, o fato é que Woody, ou Tânia, tendo defendido todas as bolas que mandei, ganhou a partida, e acabei aceitando que a gente se encontrasse algumas vezes antes das férias.

Nas duas primeiras entrevistas, fiquei sabendo, para começar, por que e como a sra. Luz tinha nascido em Nova York, em 1970. A roupa e a maquiagem pesada, aliás, não a faziam parecer propriamente mais velha do que seus trinta e poucos anos, mas lhe conferiam a aparência de uma senhora, não de uma jovem mulher.

Em 1966, seus pais, ambos paulistanos, ofereceram-se de presente de casamento uma viagem aos Estados Unidos. Em princípio, deveria ser uma estadia turística de um ou dois meses; ficaram sete anos. Fizeram de tudo um pouco, colheram laranjas na Califórnia e maçãs na Nova Inglaterra, viajaram muito, drogaram-se um pouco, tocaram, cantaram e viveram de bicos.

"Nada a ver", explicou Woody/Tânia, "com os imigrantes que chegaram nos anos oitenta e continuam chegando. Eles podiam não ter grana, mas não eram imigrantes 'econômicos'" — aqui ela levantou as mãos para desenhar as aspas no ar.

"Eram imigrantes...", hesitou antes de concluir, "imigrantes tropicalistas". Quase rindo, citou: "Casaram-se pedindo coca-cola e foram para os Estados Unidos caminhando contra o vento, sem lenço, sem documento". Imediatamente, criticando-se, acrescentou: "Chavão, hein?".

Era difícil não gostar da fala de Woody, ou Tânia — ela era sintética e conseguia ser profunda por alusão ou por ironia. Mas esse mesmo estilo fazia com que ela parecesse bizarra, pois se expressava de um jeito que contrastava brutalmente com sua aparência. Escutá-la era como escutar um ventríloquo: o boneco era uma senhora presa em roupas vermelhas e brancas de corte e feitio tradicionais, se não antiquados, com o rosto pesadamente maquiado e contido, quase botoxado, enquanto a voz parecia provir de uma jovem descolada, que poderia estar, quem sabe, escondida atrás da poltrona. Eu ficava com a impressão de que a jovem descolada, de uma hora para outra, denunciaria aquela senhora careta que ela vestia como se fosse uma máscara. Essa dualidade, essa contradição, eram vagamente inquietantes.

Nos anos 1960, no Brasil, o pai era professor de inglês (inglês dos Estados Unidos, língua, cultura e literatura); ele também tocava guitarra elétrica, country mais que rock, "que nem Bob Dylan em 1965". A mãe, secretária, conhecera o pai, justamente ao procurar um curso de inglês; "o pai extrapolou e levou a aluna para estudar a língua na fonte".

Na verdade, tudo tinha sido por causa do golpe de 1964. Não que eles fossem militantes e corressem algum perigo. Isso não, mas os pais contavam que, depois do golpe, passaram a se sentir totalmente estrangeiros no Brasil; entre seus amigos próximos, que eram todos de esquerda, não havia mais ninguém com quem conversar. De repente, os Estados Unidos, para todos, eram o titereiro que manejava os fios de Castello Branco ou Costa e Silva.

"Meu pai tinha amigos americanos com quem ele se correspondia, que lhe mandavam livros, por exemplo. Por volta de 1964 ou 1965, com dois ou três anos de atraso, alguém da Califórnia mandou para ele o *Kaddish*... sabe?" Assenti com a cabeça, mas a sra. Luz preferiu garantir, e acrescentou: "É o segundo livro de poemas de Allen Ginsberg". Assenti de novo, e ela continuou: "Ele, meu pai, amava poesia e amava os beats. Todo feliz, ele foi, com o livro na mão, até a casa do seu melhor amigo, com quem planejava refazer a viagem de Kerouac e companhia, colocar o pé na estrada numa Hudson 1949. E a primeira reação do sujeito foi: 'Hiii, esses americanos, Kaddish com K, como Ku Klux Klan, hein?'". Woody/Tânia concluiu: "Essa história foi o meu pai quem me contou. Ele não encontrava mais ninguém disposto a falar a língua na qual ele sonhava".

Enfim, em 1970, pouco depois de Woodstock (onde os pais não estiveram, mas sempre lamentaram não ter estado), quando eles não aguentavam mais viver de bicos e iam voltar para o Brasil, cedendo às súplicas e às promessas de conforto e mordomias das famílias brasileiras, eis que a mãe engravidou. Com isso, "decidiram esperar para que eu nascesse americana. E fiquei sendo a americana da família. Eles não juntaram nenhuma grana nos Estados Unidos, mas trouxeram de lá um troféu: eu, 'a americana'.

"Meu pai queria que me eu chamasse Woody, Woody Luz, mas não deu. Todos disseram que era nome de menino, e ele se conformou com Tânia, que era o nome da minha avó materna. Mas isso só oficialmente. Para ele eu sempre fui Woody, por causa de Woody Guthrie, que era seu ídolo, e o ídolo de Dylan, claro. Você vai dizer que ele queria um menino etc., mas eu acho que ele queria alguém, menino ou menina, que percorresse os Estados Unidos tocando violão, como ele mesmo fez — e como Guthrie fazia.

"Woody ficou como apelido. Woody ou A americana. Se você não se importa, embora os documentos digam que meu nome é Tânia, o que vale para mim é como meu pai me chamava, e gostaria que você também me chamasse de Woody, e não de Tânia."

Até então, na verdade, eu só a tinha chamado de senhora. Prefiro ser bastante formal nas primeiras entrevistas com os pacientes, sobretudo nos Estados Unidos, mas com o tempo certamente passaria a usar seu primeiro nome. Não, eu não tinha objeção em chamá-la de Woody. Foi o que eu disse. E pensei, sem dizer, que seria apenas mais um detalhe curioso daquela história.

Quando Woody tinha dois anos, a família voltou ao Brasil. Mas nem por isso o pai e a mãe pararam de falar inglês com ela. Quando completou catorze anos, eles a mandaram para todos os tipos de intercâmbio; queriam que a adolescência de Woody fosse o mais parecida possível com a vida dos teenagers americanos com a qual o pai devia ter sonhado quando ele mesmo era adolescente. Em suma, ela tinha sido criada como uma americana no Brasil. E ela era isso mesmo.

"Não sei quando exatamente foi o grito do Ipiranga, nem quem deu", concluiu Woody, "mais sei tudo sobre a guerra de Independência. Cresci com a moral libertária de um colono voluntário do Exército Continental..., o exército de George Washington."

Esse último acréscimo, "o exército de George Washington", era um esclarecimento para mim, caso eu não soubesse o que era o Exército Continental na guerra de Independência.

Afiada — Woody era afiada e despachada. Sua fala era a de uma menina travessa, meio masculina, ou melhor, andrógina, muito distante da boneca de vermelho e branco apresentada por Tânia. Separando e opondo os dois nomes me era mais fácil lidar com esta duplicidade enigmática: a sra. Luz se parecia com Tânia, mas era só abrir a boca e quem falava era Woody.

Perguntei para Woody se ela tinha irmãos ou irmãs, e ela me disse que sua única irmã, Joan (como Joan Baez), nascera menos de um ano depois da volta da família ao Brasil. Curiosamente (e talvez sabiamente, pensei), em vez de sofrer com a posição privilegiada de Woody como herdeira do sonho americano dos pais, Joan amava e admirava a irmã tanto quanto eles. Enfim, Joan se casara cedo com um homem bem brasileiro, um fazendeiro, e se mudara para Cuiabá; não tiveram filhos. Mais tarde, separou-se do marido, mas acabou ficando por lá mesmo. Joan, disse Woody, estava em Nova York, de visita, naqueles dias.

A avó materna de Woody, a que se chamava Tânia, era viúva e comerciante, na zona leste de São Paulo; tinha um restaurante, um boteco, uns imóveis. Na volta dos Estados Unidos, a família viveu disso. Mais que decentemente, aliás.

Quando chegou a hora de Woody ir para a faculdade, era óbvio para todos que ela iria (ou melhor, voltaria) para os Estados Unidos. Entretanto, a avó Tânia tinha morrido, e o pai de Woody também, em 1986. A mãe herdara os negócios da avó, e havia dinheiro suficiente para bancar os estudos de Woody no exterior. Para Woody, esse era um jeito de cumprir o desejo do pai: se o pai tinha voltado ao Brasil, ao menos uma parte de sua descendência seria americana e viveria lá, nos Estados Unidos.

Woody chegou a Nova York em 1989, para ficar. Cursou a City University of New York, com a ideia de se tornar psicóloga. Mas se casou antes de terminar o college. Só mais de dez anos depois ela acabou a graduação e começou o mestrado, no meio do qual estava.

Luz era seu nome de solteira. Seu nome completo, depois do casamento, era Woody Luz Khaloufi. Como eu podia imaginar ao ouvir o sobrenome do marido, o casamento fincara uma estaca no coração da mãe e no do pai — na tumba. "Se ele fosse vampiro, estava morto de vez", comentou Woody.

Todos, mortos ou vivos, imaginavam que Woody se casaria com um americano da gema, rico ou pobre, descido do *Mayflower* ou de um navio negreiro, mas, de qualquer forma, pelo amor de Deus, americano. Em vez disso, Woody se casara com um jovem engenheiro marroquino, cuja família vivia no Líbano. Aliás, foi por ter se casado com ela que Khaloufi conseguiu seu visto de permanência e, mais tarde, naturalizou-se. Woody, em suma, em vez de consolidar sua "americanidade" casando-se com um americano, decidiu distribuir generosamente sua nacionalidade; como ela notou com uma ponta de sarcasmo, no fundo, esta era a melhor maneira de ser uma cidadã dos Estados Unidos: "Contribuindo para a expansão da diversidade da nação".

Fato curioso: Woody sempre chamava o marido pelo sobrenome, embora oficialmente, ao se casar, ela tivesse se tornado tão Khaloufi quanto ele.

Khaloufi era muçulmano, mas a religião não fora um problema na relação. Eles mal tinham falado sobre isso antes de se casar; Woody acreditava até agora que ambos fossem, no fundo, indiferentes às questões religiosas. Tanto que o casamento fora no civil; ela não tinha se convertido ao islã, nem o marido ao cristianismo.

"Mas", acrescentou imediatamente Woody, "não é verdade que a coisa fosse irrelevante. A gente pode não ter fé religiosa alguma, mas a religião continua valendo. Por exemplo: não acredito que Cristo seja filho de Deus, e aposto que o Espírito Santo é uma pomba qualquer, mas continuo sendo cristã, sabe por quê? Porque, para mim, a liberdade é mais importante do que qualquer regra da tribo.

"Para Khaloufi, ao contrário, em última instância, o conselho dos anciões barbudos era sempre mais importante do que qualquer coisa que ele pudesse pensar por conta própria."

Mas Woody nem sequer se dava o direito de criticar Khaloufi por isso, pois, desde o primeiro encontro, ela gostara de Khaloufi justamente por ele ser "exótico". Por mais laico e ocidentalizado que fosse, Khaloufi demonstrava um grande respeito pelas tradições e pela família mais extensa; ele era o antípoda do menestrel solto pelo mundo, que era o ideal do pai de Woody.

"Esse era o seu charme, e deu tudo certo até a chegada de Fátima e Ismael. Mesmo depois, não foi ruim. É verdade que Khaloufi não ajudava muito, mas ele era carinhoso, delicado, sabia pegar um nenê. Talvez ele fosse um pai um pouco mais firme do que a média, mas nada de mais. Na verdade, eu sentia um mal-estar e não sabia por quê.

"No começo, pensei que fosse um problema só meu: eu tinha escolhido um marido muuuuito", ululou Woody, "mas muuuito diferente do meu pai, de propósito, provavelmente porque meu pai era grande e presente demais na minha cabeça. Quando esse marido se tornou pai, a coisa começou a me incomodar, sem que eu me desse conta. Era como se eu pensasse assim: como homem e marido, tudo bem, é até melhor que ele seja o oposto do meu pai, mas, como pai, aí não dá — para ser pai, e ainda mais pai dos meus filhos, um homem tem que ser parecido com meu pai.

"Isso foi apenas um mal-estar inicial, sem briga nenhuma. Bom, teve aquela coisa curiosa de Khaloufi, primeiro, querer que eu amamentasse a Fátima mais do que eu queria e do que era razoável, mas até aí tudo bem. Depois, quando foi a vez do Ismael, ele contava as semanas para se certificar de que o menino teria direito a mais peito materno do que a irmã. Esses comportamentos eram extravagantes, mas, afinal", continuou Woody, "eu me casei naquele estado de espírito que faz com que, às vezes, quatro bolivianos tocando a *zampoña* e pedindo esmola na esquina nos pareçam melhores do que a filarmônica de Berlim. Casar com Khaloufi foi como entrar para um grupo de dança folclórica.

"O verdadeiro problema veio agora que as crianças estão ficando grandes."

Os filhos, como Woody dissera, foram criados sem que ninguém se preocupasse com a educação religiosa deles. Mesmo assim, a menina se chamava Fátima, que podia ser tanto a irmã do profeta Maomé quanto Nossa Senhora de Fátima — o que contentava as duas famílias, a libanesa e a brasileira. O menino se chamava Ismael, que também funcionava bem para todos.

Mas agora, de repente, a coisa apertava, e o problema não era a religião, não diretamente. Agora, Fátima tinha treze anos e meio. Já menstruava, e não era exatamente um modelo de modéstia e de recato. Nada de mais, era preciso que eu entendesse, "ela não rebola na dança da garrafa". Ao contrário, Fátima era mais para masculina, praticava esportes de meninos, era meio campeã de natação, mas, justamente por isso queria e se dava as mesmas liberdades dos seus colegas. No dia em que ela quisesse um namorado, era óbvio que ela não hesitaria em agarrá-lo numa braçada só. Com isso, para Khaloufi, ela estaria agindo como uma puta. E uma vez ele chegara a dizer para Woody que, se sua filha se tornasse uma puta, ele preferiria matá-la, e seria seu direito. Por sorte, ele não disse isso na frente de Fátima, que seria capaz de ir direto para a polícia.

Ismael, apenas um ano e meio mais jovem, tinha doze anos, era também esportista, jogava *hockey* no gelo. Isso não era problema algum para Khaloufi, mas acontece que Ismael também era o chefe do time de debate não só de sua classe mas da turma. Viajava pelo Estado inteiro para competir, debatendo. Com isso, claro, não havia ordem, sugestão, ideia que ele acatasse sem discutir interminavelmente. Questão de pontos de vista: para Woody e para o orientador da escola, ele era extraordinariamente inteligente, mas, para Khaloufi, era respondão e desrespeitoso.

Enfim, Khaloufi achava que as crianças lhe eram cada vez mais estrangeiras. Tentava impedir que nos fins de semana elas frequentassem amigos e colegas da escola; não gostava que fossem para acampamentos de verão, e ainda menos que passassem férias no Brasil com a avó. Começava a dizer que passar mais tempo no Líbano lhes faria bem, e Líbano, para Khaloufi, não era Beirute, era num vilarejo perdido no vale do Beka, no leste do país.

A briga se tornara feia. Fazia tempo que Woody e Khaloufi se olhavam torto, sem se tocar meses a fio. Claro, Woody achava que, se a coisa fosse parar nos tribunais, ela ganharia. Mas não queria que as crianças encarassem um divórcio litigioso entre os pais e ainda menos uma disputa pela guarda, na qual, com a idade que tinham, Fátima e Ismael seriam chamados a se pronunciar. Escolheriam a mãe e o estilo de educação ao qual estavam acostumados. Mas seria duro, doloroso, para ambos, abjurar o pai.

Por sorte, ultimamente, como ela já tinha me contado, Khaloufi parecia disposto a mudar um pouco — ou talvez muito. Prova disso e fato inédito, ele manifestara a vontade de passar um tempo no Brasil com ela; ele estava viajando e voltaria alguns dias depois de ela sair de férias, mas, assim que voltasse, ele iria a São Paulo para encontrá-la e passar duas semanas com ela.

Escutando Woody, eu navegava em mares conhecidos. As revistas da American Counseling Association chegam, todo mês, repletas de casos e planos terapêuticos para as dificuldades que surgem na convivência entre culturas diferentes. Nos congressos, sempre há no mínimo uma tarde consagrada aos conflitos culturais, quer seja nas famílias, quer seja dentro de cada imigrante, dividido entre seu mundo de origem e a sociedade na qual tenta fazer sua vida. Poucos anos antes, eu tinha dirigido um seminário na Universidade da Califórnia sobre o drama interno do imigrante. Woody evocou um texto que eu tinha publicado naquela época para se perguntar se o conflito com o marido não era, antes de mais nada, a repetição de outro conflito, interno e talvez mais doloroso, entre o Brasil, onde ela, bem ou mal, crescera, e os Estados Unidos ideais, que ela encarnava para a família inteira. Mas não houve tempo para entrar nessas considerações, e não foi porque eu preferia deixar essas questões para a retomada em setembro.

Na terceira entrevista, que teria sido nosso último encontro antes das férias, percebi de vez que, ao aceitar que começássemos o tratamento, eu tinha caído numa armadilha.

Woody chegou atrasada, ofegante, apavorada e confusa. Atravessou a porta chorando: "Foi difícil, foi muito difícil chegar até aqui. Vim a pé, mas há cadáveres de crianças na rua, bebês, corpos de bebês aos pedaços, muito sangue, sangue por todo lado. Eu não queria pisar, não posso pisar naquilo, mas não tinha como. Tentei pular, mas há sangue e corpos de crianças por todo lado. Por favor, faça alguma coisa, me ajude, mande tirar o sangue e os corpos da rua, por favor".

Minha surpresa foi total. Claro, a discrepância entre a imagem e a fala de Woody me deixava imaginar que ela iria se revelar mais instável do que parecia, mas nada, insisto (por menos lisonjeiro que isso seja para meu olho clínico), nada tinha me preparado para essa explosão. "Bem feito", resmunguei em silêncio, "você aceitou começar antes das férias, e agora? Vai fazer o quê?"

Peguei seu braço, a acompanhei até a poltrona, pedi que ela se sentasse e tentei acalmá-la. Coloquei um copo d'água em sua mão e sugeri que respirasse fundo e tomasse, aos poucos. Sentou-se e bebeu, mas desconfiada, como se estivesse num matadouro e alguém lhe tivesse oferecido uma taça de sangue fresco.

Enquanto ela bebia a água, pensei: de duas, uma.

Ela podia estar vivendo o começo (ou talvez a volta — afinal, o que eu sabia de seu passado?) de uma autêntica psicose, e eu deveria fazer o necessário para que ela fosse internada e medicada, antes de eu viajar.

Ou, então, talvez eu fosse apenas o espectador que ela tinha escolhido e de quem ela precisava para manifestar um conflito que, é certo, podia enlouquecê-la, mas apenas pontualmente. Afinal, para os nova-iorquinos, depois de 2001, sangue e corpos pulverizados na rua não eram uma experiência totalmente inusitada. O conflito com o marido podia parecer a Woody como uma cópia em miniatura do enfrentamento responsável pelo Onze de Setembro e pelas guerras em curso, no Afeganistão e no Iraque. Aos olhos de muita gente em Nova York e nos Estados Unidos e, quem sabe, a seus próprios olhos, Woody estava casada com o inimigo — casada e "confraternizando". Afinal, o tal inimigo era pai de seus filhos. Isso era suficiente para enlouquecê-la? Talvez.

De qualquer forma, o que me levava a apostar na hipótese de um episódio pontual (que talvez eu conseguisse conter) era sobretudo a impressão de tranquila "normalidade" que eu tinha tido nas duas primeiras entrevistas. É possível, em suma, que minha aposta coincidisse apenas com minha vontade de não ter me enganado. O fato é que reagi como se ainda pudesse contar com aquela "normalidade" inicial, por mais perdida que ela parecesse.

"Não acho bizarro que você veja pedaços de crianças nas ruas", disse, "afinal, para resolver o problema entre seu marido e você, é a solução que teria proposto o rei Salomão: cortar os filhos ao meio, metade para cada um."

Ela sorriu. Bom sinal. O problema era que não havia muito tempo. Mesmo que eu desse um jeito de encontrá-la mais uma vez, aquela era a última semana antes que ambos saíssemos de férias.

Sentei perto dela, peguei sua mão e perguntei: "Woody, eu normalmente não lhe colocaria esta pergunta assim, tão diretamente, mas não temos tempo, e é muito importante que você me responda da maneira mais honesta possível. Posso perguntar?".

"Sim, claro."

"Woody, enquanto estava vindo para cá, você já pensava em me contar as visões que estava tendo ou elas surgiram sem nenhuma relação com sua vinda aqui? Não sei se estou conseguindo ser claro."

Woody respondeu sem hesitar, de uma maneira direta, que me surpreendeu quase tanto quanto a agitação alucinada de sua chegada: "Doutor Antonini, quer saber o quê? Quer saber se fico louca por minha conta própria ou só pelo prazer de contar minha loucura para você?".

"Um pouco, sim", respondi. "Queria saber se a violência do que você sente seria a mesma se você estivesse sozinha e não estivesse a caminho deste consultório."

"Doutor Antonini", ela disse, "não sei. O sangue e os corpos estavam lá, mas eu pensava que estava vindo para cá, sim, e que eu precisava chegar logo e lhe contar que a rua estava naquele estado, um açougue, e que você faria alguma coisa para que aquilo parasse. E agora me sinto melhor."

Nem o copo d'água nem minhas palavras eram suficientes para explicar ou justificar tamanha e tão rápida mudança: Woody, de repente, criticava sua própria loucura de poucos instantes atrás.

Provavelmente, seria sábio deixar a coisa esfriar, aproveitando as férias, que afastariam Woody de mim e do consultório. Mas era difícil não querer acompanhar a evolução da coisa nos poucos dias que sobravam; era uma meia besteira, mas quase inevitável. De qualquer forma, se a crise se repetisse ou piorasse, ainda haveria tempo para uma internação de urgência.

"Talvez possamos nos ver de novo antes de viajar, o que você acha?"

"Sim."

"Poderíamos nos ver na sexta-feira à tarde, e eu gostaria que, nesses dias, você me ligasse se acontecer alguma coisa, qualquer coisa. Mas só se acontecer alguma coisa..." Essa última frase foi dita no limiar, no momento da despedida, com o intuito de autorizá-la a recorrer a mim se as imagens voltassem, por exemplo, mas também de evitar que ela alucinasse justamente para poder me ligar. Propósitos inconciliáveis.

Woody me ajudou e acrescentou, ao sair para o vestíbulo, já chamando o elevador, como se quisesse me tranquilizar: "Não se preocupe, doutor Antonini, não sou louca, aqui fora me viro bem".

Woody não ligou nos dias seguintes e, quando veio na sexta-feira à tarde, no fim do expediente — que eu tinha encurtado por causa das férias que começariam naquele fim de semana —, eu estava confiante, achava que ela estaria de volta ao seu velho self, e a gente se despediria. Só me restaria, então, esperar que ela passasse bem no Brasil.

Agora era sexta-feira, cinco da tarde; nós dois viajaríamos no dia seguinte, e eis que ela, rígida e estereotipada como um espantalho (bom, funcionava, ela me espantava), anunciava uma festa vermelha e branca. Fazer o quê? Interná-la na última hora e impedir que ela viajasse?

"Mas quando...?", perguntei.

"Quando o quê?"

"Quando você viaja?"

"Amanhã, sábado." Sorriso, sem piscar.

"Mas você não disse que haveria uma festa amanhã?"

"Sim, uma festa vermelha e branca." Sorriso, sem piscar.

"Mas aí quando seria a festa?"

"Vai ser antes de eu viajar, de dia; o voo é à noite", ela disse e voltou a sorrir, sem piscar.

A sessão durou uma eternidade, eu fazendo perguntas que eram, de fato, pedidos impossíveis de que ela me garantisse, sei lá como, que não ia acontecer nada de grave, que ela não faria nada de irreparável. Não conseguia me resolver a deixá-la ir embora.

Foi ela que se levantou e me deu a mão, desejando-me boas férias, sorrindo e sem piscar.

Sua última frase, antes de eu fechar a porta, foi: "Não se preocupe, não será nada de mais, só uma festa vermelha e branca", e sorriu, sem piscar.

Uma coisa era certa: ela tinha conseguido se tornar inesquecível, a paciente em quem eu pensaria durante todas as minhas férias.

11 e 12 de julho
Nova York

Fechei o consultório, ou seja, arrumei as revistas na sala de espera, desliguei o ar-condicionado, esvaziei as lixeiras. Revisei a lista de providências que deveria tomar antes da viagem; todos os itens já estavam marcados como feitos e resolvidos: pagar contas, suspender a assinatura dos jornais, pedir que o pessoal da limpeza viesse antes da minha volta, fazer algumas pequenas compras para amigos e filhos de amigos no Brasil etc.

Jantei de mau humor, num canto da mesa da cozinha: sobras de queijo, sobras de legumes, sobras de patê de campagne e sobras de fruta — mais do que uma refeição, era um jeito de esvaziar a geladeira.

Voltei ao consultório para preparar minha mala de papéis — a de roupas seria mais fácil, e eu a faria no dia seguinte. Coloquei numa pastinha documentos de viagem, bilhetes, reservas, cartões de visita e de crédito; imprimi alguns e-mails de amigos e colegas brasileiros com os quais me encontraria em São Paulo; verifiquei se meus trabalhos em curso estavam todos no pen drive que levaria comigo e, por último, grampeei as notas para a palestra que eu daria em São Paulo, na segunda-feira à noite, e que, de certa forma, era o pretexto da minha viagem e estadia no Brasil. Estava tudo em ordem.

Antes de dormir, um pensamento, uma espécie de pesadelo de olhos abertos, tomou conta de mim. E se por acaso eu estivesse no mesmo voo de Woody Luz e seus filhos? E se por acaso ela se sentasse ao meu lado? Pior: e se isso não fosse por acaso? E se ela tivesse, sei lá como, descoberto o nome da companhia e o número do voo em que eu viajaria e tivesse reservado, de propósito, um assento ao meu lado, para transformar a noite em nove horas ininterruptas de sessão?

Esse devaneio pessimista surgiu, com certeza, porque eu me sentia perseguido por Woody Luz desde que ela conseguira arrancar de mim um começo intempestivo de terapia, com o corolário que eu mais temia: suspensão do tratamento em pleno desastre.

Agora, o pesadelo também expressava meu desejo de que o tratamento pudesse ter continuado, que não fosse interrompido pelas férias. Eu teria gostado de poder cuidar logo, sem esperar, do imbróglio surgido nas duas últimas sessões.

Fora isso tudo, a figura curiosa, dividida, de Woody/Tânia era tocante e difícil de esquecer. Eu não me sentia atraído nem por Woody nem por Tânia, mas sentia, isso sim, certa antipatia por Tânia, enquanto Woody, sua maneira de falar e seu humor me eram simpáticos.

Seja como for, o pesadelo do avião aconteceu antes de eu adormecer e não voltou. O que não me impediu de dormir mal. De manhã, enfiei o mínimo necessário de roupa numa mala e voltei ao consultório.

Sabia que a ficha de Woody Luz não continha nada ou quase nada; mesmo assim, sentei na mesa e a coloquei na minha frente para examiná-la com atenção.

Nos arquivos de meus pacientes anoto poucas coisas, o mínimo possível. É para protegê-los: um tribunal pode pedir sem dificuldade a entrega de arquivos médicos e paramédicos. Pois bem, nos meus não há quase nada.

O arquivo começa com uma ficha que eu peço que os pacientes mesmos preencham. Não para interpretar sua caligrafia (embora, numa época, eu tenha me interessado por essa arte); apenas prefiro assim, para que não tenham que soletrar. Peço o nome completo e informações básicas: e-mail, se eles o consultam com frequência, e os telefones nos quais seja possível deixar um recado, caso eu precise entrar em contato com urgência — por exemplo, para desmarcar uma consulta. Imediatamente abaixo dessas informações, eu mesmo anoto a data da primeira entrevista e, às vezes, alguns dados iniciais (o pedido e a queixa originais, uma primeira impressão, qualquer coisa da qual eu queira me lembrar nesse começo de trabalho, quando o caso ainda não se estabeleceu em minha memória). A seguir, vou anotando observações que preferi silenciar em dado momento, mas às quais quero voltar um dia, e também, periodicamente, hipóteses diagnósticas e prognósticas.

Woody havia preenchido a ficha com seu apelido de solteira, Woody Luz. No meio, colocara entre parênteses "dos Santos", que era o nome da mãe, mas não havia nenhuma menção ao nome do marido.

Antes do apelido Woody, eu mesmo tinha acrescentado, também entre parênteses, o nome Tânia e após o sobrenome Luz, em um novo parêntese, o Khaloufi do marido — um jeito de me lembrar dessas omissões. O resultado era este: (Tânia) Woody (dos Santos) Luz (Khaloufi). Em seguida, vinham o telefone, o e-mail e o endereço de Woody. Na linha seguinte, eu havia escrito, na noite da primeira entrevista, a data

(25/06/03) e uma indicação: *transcultural problem* — educação dos filhos (Fátima 13, Ismael 12).

Tendo em vista as duas últimas sessões, isso não era suficiente nem correto. Se eu trabalhasse em uma repartição pública e precisasse formular um diagnóstico, escreveria o quê? Acrescentei, com um lápis, como se quisesse poder apagar: 298.8, que é o código do transtorno psicótico breve, e completei com "fator de estresse reativo — possível separação, conflito cultural", tudo seguido de um ponto de interrogação, pois era mesmo só uma hipótese. Apenas o tempo diria se o transtorno era ou não transitório.

Notei que Woody Luz tinha me deixado só o número de seu celular. Talvez ela não tivesse secretária eletrônica no telefone fixo de casa ou talvez não quisesse que o marido soubesse que ela havia consultado um terapeuta. Considerando sua queixa, fazia sentido. Mas, se esse fosse o caso, por que ela teria anotado também seu endereço? É cada vez mais raro os pacientes anotarem seu endereço; aparentemente, ninguém pensa na possibilidade de eu escrever uma carta ou mandar um telegrama.

Sem saber bem por quê, ou melhor, sabendo por quê, mas sem grande fundamento clínico a não ser a vontade de viajar mais tranquilo, decidi telefonar para Woody Luz. Se ela atendesse, eu diria a verdade, que nossos últimos encontros tinham me preocupado e que, antes de viajar, eu queria saber como ela estava e como estavam Fátima e Ismael. Caí numa caixa postal anônima, sem nenhuma mensagem personalizada. Não deixei recado, pois nada confirmava que fosse o celular dela. Poderia ser um celular falso, um número inventado.

De fato, tudo poderia ser mentira. Talvez a mulher que eu tinha visto nas últimas semanas não se chamasse nem Woody nem Tânia nem Luz e não fosse casada com nenhum Khaloufi.

Talvez fosse um mulher estéril e louca para ter filhos, que se consolava conversando com terapeutas sobre as dificuldades que encontrava na criação dos filhos que ela não tinha nem nunca iria ter. Ou então podia ser uma mulher que, sofrendo de estresse pós-traumático (talvez pela morte de um ente querido num atentado, na guerra do Afeganistão ou do Iraque), estava precisando reconhecer que o conflito entre o islã e o Ocidente ocupava um espaço decisivo em sua vida e, para medir esse espaço, encontrava um jeito um pouco excêntrico, mas nem tanto: ir de terapeuta em terapeuta, cidade afora, queixando-se de um marido marroquino imaginário.

Nenhum psicoterapeuta pede documentos ou comprovantes de identidade. Mesmo quando um paciente recorre a seu seguro-saúde, preenchemos folhas e folhas com os dados que ele mesmo fornece. Woody havia me dito que usaria seu seguro, mas que cuidaríamos da papelada em setembro. De qualquer forma, o seguro só cobriria vinte sessões por ano; então, as primeiras sessões, ela mesma pagaria. Nada de insólito nisso, mas... e se ela não fosse quem dizia ser?

Se Woody tivesse sido apenas a performance, com figurino vermelho e branco, de uma atriz que passara pelo meu consultório nas últimas três semanas, será que eu me sentiria melhor, mais aliviado em viajar e interromper o tratamento mal começado? Nem tanto; eu não me sentiria menos responsável pelo tratamento da atriz que me consultara.

Enfim, reflexões inúteis, ainda mais porque havia um jeito de saber ao menos isso, se Woody era ou não Woody.

O endereço de Woody Luz (ou, ao menos, o endereço escrito por ela na minha ficha) era na rua 49, pertíssimo do meu consultório, que fica na rua 50. Se não fosse pela língua portuguesa e por meus textos, que ela dizia ter lido com interesse, ela teria me escolhido por meu consultório estar a duas quadras de sua casa.

Por volta das onze da manhã, estava tudo pronto para a viagem, e eu não tinha nada para fazer até a chegada do táxi que me levaria ao aeroporto, no fim da tarde. Pensava nos corpos de bebês aos pedaços que apareceram nas visões alucinadas de Woody; não deixava de ser uma espécie de festa vermelha e branca, e justamente uma festa com crianças, como a que Woody dissera estar planejando. Decidi levar minhas inquietudes a sério; saí de casa e fui até lá, na rua 49, quase esquina com a Nona Avenida.

Era um prédio de tijolos de quatro andares, decorado pelos zigue-zagues de duas escadas de emergência externas, uma de cada lado da porta de entrada, à qual se tinha acesso, como sempre nesse tipo de prédio, por uma meia dúzia de degraus de pedra. Subi até a porta, que estava fechada. Não havia porteiro, mas havia um quadro com nomes e campainhas. Bem, a história de Woody Luz, afinal, não devia ser uma invenção: Khaloufi apartamento 302. Não fazia sentido hesitar, visto que tinha chegado até lá. Toquei. Nada. Toquei de novo, longamente. Nada.

Mais embaixo no quadro, uma etiqueta dizia: *Super* Gonzales. Devia ser o zelador do edifício, o *superintendent*. Toquei a campainha dele.

Uma mulher morena, corpulenta, na casa dos quarenta anos, apareceu na janela do primeiro andar, que se abria bem ao lado da escada, de forma que estávamos exatamente na mesma altura, eu de pé diante da porta do prédio e ela na janela a um metro e meio de mim.

"O que é?"

Perguntei se ela era a sra. Gonzales e se era a zeladora do prédio. Ela explicou que o zelador era o marido, que eu podia falar com ela, mas que desde já me adiantava que não, não havia nada para alugar nem para vender no prédio.

Eu lhe disse que não estava procurando apartamento e que só queria falar com a sra. Luz Khaloufi.

A sra. Gonzales era direta: "E você é quem?".

Abri a carteira e, alongando o braço, entreguei meu cartão para a sra. Gonzales, achando que esse gesto acabaria com sua desconfiança. Era um pouco delicado dizer quem eu era; afinal, além das obrigações do sigilo profissional, eu tinha alguma razão para imaginar que Woody não quisesse que o marido, por exemplo, soubesse de suas consultas comigo. Meu cartão anuncia apenas Carlo Antonini, Ph.D., sem especificar a profissão.

"Sou terapeuta", eu disse. Isso me qualificava como qualquer coisa, desde fisioterapeuta até especialista em florais, e não implicava necessariamente que eu fosse terapeuta de Woody. Acrescentei que precisava falar uma coisa com a sra. Luz Khaloufi antes que ela viajasse.

"Agora não dá mais", respondeu imediatamente a sra. Gonzales. "Agora só em agosto. Ela já viajou, saiu ontem à noite, a limusine veio buscá-la para levá-la ao aeroporto. Ela foi para o Brasil visitar a família."

"Ontem? Eu pensei que ela fosse viajar hoje."

"Não, não, foi ontem, ontem à noite. Eu a vi subindo na limusine. Também não é difícil, agora que está sempre com aquele vermelho e branco. Até parece propaganda da coca-cola."

"Pois é, ela sempre se veste assim", concordei.

"Quer dizer, nos últimos tempos", corrigiu a sra. Gonzales com certo tom de crítica, que talvez se endereçasse ao recente modo de se vestir de Woody ou talvez se endereçasse a mim, pois aparentemente eu não conhecia Woody havia muito tempo e, quem sabe, podia nem ser amigo dela.

Insisti: "Que pena, eu pensei que ela fosse viajar hoje. E as crianças, foram com ela?". Era um jeito de mostrar à sra. Gonzales que eu conhecia a família e também de me tranquilizar quanto ao que poderia ter acontecido com as crianças, na festa vermelha e branca.

"*Los niños*?", exclamou a sra. Gonzales, libertando seu espanhol, tomada pela emoção. "Claro que não, *los niños* estão no acampamento, no Vermont, isso eu sei; desde o começo de julho. Vão ficar dois meses lá, até a volta às aulas. Se quer saber, é um pecado deixá-los dois meses sozinhos. É muito tempo. Eles são muito queridos. Eu cuido deles às vezes."

"E o senhor Khaloufi?", perguntei.

"Aquele lá está sempre viajando, não consegue ficar parado. Mas deve voltar neste fim de semana. É o que me disse a senhora Luz outro dia, que ela viajaria, e depois o senhor Khaloufi chegaria, no domingo, e também iria para o Brasil na segunda ou terça, não sei."

Notei que, para a sra. Gonzales, Woody também era a sra. Luz, e não a sra. Khaloufi. Tentei encerrar: "Bom, então acho que vou ter que esperar que ela volte".

"Não, não é preciso", sorriu a sra. Gonzales. "Para qualquer coisa urgente, ela deixou um telefone no Brasil — em caso de alguma emergência, se for urgente, pode ligar, então."

A sra. Gonzales sumiu no interior da casa e voltou em seguida com um caderno aberto: "Aqui está". Anotei o número, era um telefone fixo com DDD 11, de São Paulo.

Agradeci à sra. Gonzales, fiz uma piada mentirosa sobre a sorte de quem viajava enquanto a gente, ela e eu, ficávamos no calor estafante de Nova York, e acrescentei que, graças a Deus, eu ia me mandar naquela noite mesmo, justamente para o Brasil. "Eu também vou viajar!", exclamou com grande alegria a sra. Gonzales. "Para Santo Domingo. Vou hoje mesmo. Só estou esperando meu marido voltar. Vinte dias de férias."

"E a senhora vai abandonar o navio?", brinquei, referindo-me obviamente ao prédio.

Ela pareceu ofendida e respondeu, séria: "Sempre tem um pessoal que limpa a escada e leva o lixo para fora, e o prédio, nesta época do ano, está meio vazio".

Voltei para casa. Anotei o telefone de São Paulo na ficha de Woody Luz e, por via das dúvidas, também na agenda que me acompanha quando viajo.

Não telefonei para Woody no Brasil — não havia por quê. A festa, isso eu tinha apurado, não acontecera. Verdade, uma festa vermelha e branca, seja lá o que for, podia até ser um plano de Woody para festejar sua chegada ao Brasil, mas seria sem as crianças. Provavelmente, eu estava me preocupando por nada ou quase nada.

Mesmo assim, disse para mim mesmo em voz alta, entrando no carro que me levaria ao aeroporto: "Velho, que isso te sirva de lição para sempre: é uma puta besteira começar um tratamento três semanas antes de sair de férias".

13 e 14 de julho
São Paulo

Cheguei a São Paulo domingo de manhã e fui para minha antiga residência, deserta há quase um ano. Pedro tinha tomado as providências necessárias para que o apartamento ficasse limpo e acolhedor. Havia o básico na geladeira e, em cima da mesa da cozinha, ele havia deixado uma garrafa de Royal Lochnagar com um bilhete de boas-vindas.

Subi até o último andar do prédio, me sentei no sol do inverno, olhando para as antenas da avenida Paulista, e li o jornal. Estava com vontade de rever os amigos e tinha agendado um *brunch* com Anna e o jantar justamente com Pedro.

Encontrei Anna no Hotel Intercontinental, na alameda Santos. Ao meio-dia e meia o salão estava quase deserto, e, de qualquer forma, o *brunch* do Intercontinental, no domingo, é tranquilo. Depois de abraços e beijos festivos, colocamos a conversa em dia. Anna também é psicoterapeuta e eu queria lhe expor minhas dificuldades com Woody Luz. Talvez ela tivesse alguma "luz", como eu disse, arriscando um trocadilho que eu mesmo não achei lá muito engraçado. Contei-lhe o acontecido, desde a primeira entrevista até minha conversa com a sra. Gonzales.

"Quer dizer", Anna perguntou, "que você não teve nenhuma suspeita? Sua vontade de não começar antes das férias não tinha nada a ver com uma intuição de que a coisa era mais séria do que parecia?"

Pensei bem. "Não", respondi. "Não queria começar antes das férias porque é meu jeito de trabalhar. Na terceira sessão, quando ela chegou alucinada e delirante, foi uma surpresa total".

"Se tem bebês, ainda mais dilacerados, nas alucinações ou mesmo nos sonhos de um paciente, esses bebês são o próprio paciente, são o bebê que ele foi." Anna é assim, direta e, às vezes, bombástica.

"Fui ingênuo; aceitei que tivéssemos aquelas três sessões antes das férias, pensando que, se ela falasse apenas das dificuldades com o marido, a gente não se aventuraria em temas mais íntimos e potencialmente mais perturbadores." Em seguida, acrescentei: "É uma besteira. Não existem temas mais perturbadores do que outros. Qualquer problema trivial pode desenterrar cadáveres antigos e aparentemente esquecidos ou exorcizados, inclusive cadáveres de bebês".

"Pois é", Anna concluiu, "mesmo assim, na ausência de provas contrárias, é melhor ficar com sua impressão inicial — a de que ela não é louca."

"Tudo bem", aceitei. Como Anna, eu também obedeço à regra que diz que, na dúvida, é sempre melhor confiar no que a gente sentiu ou percebeu antes de pensar. "Mas", acrescentei, "na terceira sessão, a dos bebês, ela não estava simulando."

Anna não objetou. "De maneira geral, uma personalidade histriônica seria menos precisa ao evocar o passado... por exemplo, essa história dos pais. E, sobretudo, seria mais sedutora com você, não acha?"

Concordei. "Sim, não acredito numa farsa ou numa simulação. Talvez um sintoma fictício, mas não um sintoma encenado com o objetivo de obter alguma vantagem, como uma pensão por invalidez ou a dispensa do serviço militar."

Anna quis confirmar se estávamos falando a mesma língua. "Sintoma fictício, para mim, é um sintoma autêntico sobre o qual o paciente não tem controle, mas que, quase sempre, é produzido com o objetivo, inconsciente ou não, de chamar a atenção. É isso?"

"Isso mesmo", respondi. "Mas por que ela estaria tentando chamar a minha atenção? Naquela altura, ela já a tinha, não é?"

Anna respondeu: "Ela pode ter achado que você não a estivesse levando a sério".

"É possível", eu disse. "Resisti bastante em aceitá-la. Resisti também porque ela disse querer fazer psicanálise para se formar. Você sabe, uma das razões pelas quais não gosto muito de análises de formação é porque no fundo os candidatos estão sempre se esforçando para parecer normais. Talvez, na primeira entrevista, eu tenha deixado transparecer essa razão da minha recusa. Talvez ela tenha ouvido algo disso nas minhas palavras. E, se ela ouviu, reagiu tentando me seduzir com uma patologia pesada e espalhafatosa."

"Agora", retomou Anna, "sintomas bem parecidos com o florescer de uma psicose — até alucinações propriamente ditas — não são impossíveis no meio de uma neurose qualquer. Você se lembra daquele livro sobre as psicoses passageiras, de Halbreich e sei lá mais quem?"

"Pena e Tupin, eram Pena e Tupin. Sim, claro, li faz tempo, nos anos setenta."

"Pois é", retomou Anna. "Até então todo mundo acreditava que para um neurótico enlouquecer era preciso que ele passasse por uma experiência do tipo que ninguém aguenta:

sei lá, catástrofe com morte da família inteira, um estupro coletivo, por aí vai. Esse pessoal da psicose passageira mostrou que um neurótico qualquer pode enlouquecer por causa de eventos nada extraordinários, eventos que para a maioria das pessoas seriam insignificantes. De fato, um acontecimento pode ser trivial para a maioria das pessoas, e enlouquecedor para mim. Tudo vai depender da minha neurose, da minha história, da minha situação. O que significa que um fator de estresse aparentemente banal, quando cai na hora e no lugar certos, pode desencadear uma psicose transitória, um sopro de delírio."

"Era isso mesmo", confirmei. "Me lembro que no livro havia um artigo sobre emigrantes que enlouquecem quando mudam de língua e de país."

"Falando nisso", comentou Anna, "a sua paciente poderia ser uma candidata. Ela é brasileira como os pais? Ou americana como os pais queriam ser e queriam que ela fosse? Parece que se casou com o tal Khaloufi justamente para se distanciar desse desejo dos pais. Mas, no dia em que ela se tornasse a mulher perfeita de um marido muçulmano, ela teria a sensação de estar traindo brutalmente seus pais. Isso sem contar a complicação do Onze de Setembro e da guerra. Sei da história de uma brasileira casada com um imigrante alemão que nos anos quarenta quase enlouqueceu quando Getúlio entrou na guerra ao lado dos aliados. Não é pouca coisa: um belo dia, de repente, o homem com quem você dorme se torna o inimigo da nação.

"De qualquer forma, não há como saber o que a deixou assim, aos pedaços, como os bebês na rua", continuou Anna. "Mas não é incomum que alguém enlouqueça nas primeiríssimas sessões de uma terapia. As entrevistas iniciais são um terreno minado: as pessoas, às vezes, querendo se abrir para o terapeuta, expressam desejos e conflitos que elas desconheciam e com os quais não conseguem conviver bem."

Acrescentei: "E, outras vezes, as pessoas chegam aparentando a maior serenidade, mas estão à beira de uma crise que, de alguma forma, elas pressentem: pedem uma terapia, mas o que elas de fato procuram é um lugar onde lhes seja possível atravessar a loucura com um mínimo de amparo".

"De amparo e de companhia", concluiu Anna.

Ficamos com essa hipótese. Uma psicose passageira, pela infeliz coincidência do conflito do casal com o conflito aberto mundo afora e pela iminência de algumas separações. Woody, provavelmente, queria e receava se separar de Khaloufi. Ao viajar para o Brasil, ela se afastava ainda mais das crianças, e isso bem na hora de uma crise conjugal (justamente, ameaçando a festa vermelha e branca, ela tinha dito que as crianças estariam com ela — esse devia ser o seu desejo, que Fátima e Ismael estivessem perto dela naquele momento de crise). Ela também podia estar querendo me testar, testar minha capacidade de me ocupar dela e de sua loucura. Ao mesmo tempo, talvez sofresse com a interrupção de um tratamento que, do meu ponto de vista, nem tinha começado: os bebês sangrando na rua seriam o resultado da nossa separação, ou seja, seriam ela se seu terapeuta a abandonasse. Isso colava com a insistente necessidade de Woody de que eu a aceitasse "oficialmente" como paciente antes que o tratamento pudesse mesmo começar.

É assim mesmo: na hora de apontar o fator responsável pelo sofrimento de um paciente, há sempre mais culpados do que crimes.

No fim, Anna e eu conversamos amenidades, tomando um segundo café. A despedida foi leve. Nos veríamos outras vezes ao longo das minhas férias.

O jantar com Pedro foi alegre. Ele é o amigo com quem consigo mesmo falar besteiras, histórias de mulheres sem pé nem cabeça — não as mulheres, mas as histórias — e piadas como essa, das quais só nós dois rimos e que dessa vez eram mais que bem-vindas, afinal eram minhas primeiras férias depois de um longo casamento que estava nas últimas. Fui para cama de bom humor.

Na segunda-feira, 14 de julho, acordei tarde, descansei, fui fazer algumas compras básicas e almocei em casa: frios e uma garrafa de Barbera d'Alba, da qual só tomei metade, o suficiente para festejar a queda da Bastilha. Mais tarde, revi minhas anotações para a palestra, que seria no auditório do Museu de Arte de São Paulo, na avenida Paulista, às oito e meia da noite.

O convite viera de colegas psicanalistas e universitários, mas a ideia era de que a palestra não fosse dirigida a especialistas. O tema escolhido era "Pedofilia". No começo do ano anterior, com uma série de artigos do *Boston Globe*, tinha estourado nos Estados Unidos um escândalo de abusos sexuais de crianças por padres católicos. Começando na diocese de Boston, o escândalo se alastrara pelos Estados Unidos e, em seguida, mundo afora. O comportamento dos padres tinha desencadeado um novo interesse pela pedofilia; psicólogos, psiquiatras e psicanalistas, à força de desfilar nas páginas dos jornais e nas telas de televisão improvisando qualquer comentário, estávamos sinceramente dispostos a entender algo sobre o tema.

A associação psicanalítica nova-iorquina à qual pertenço tinha decidido consagrar seu congresso anual de 2003 à pedofilia. E eu tinha sido encarregado de redigir e apresentar o relatório inicial — isso, pelo fato de eu já conhecer o essencial da bibliografia sobre o tema, o que, por sua vez, era a consequência de outro fato, mais relevante: nos últimos anos, tinha me ocupado (sem grande sucesso, salvo o preenchimento da obrigação judicial) da terapia compulsória de alguns pedófilos convictos.

No congresso de Nova York, meu relatório fora bem recebido por meus colegas, mas apresentar o tema para um público leigo era outra história. Eu podia apostar que parte da plateia seria composta de mulheres e homens que foram molestados na infância ou que, sem ter certeza disso, suspeitavam ter reprimido a lembrança de abusos sofridos. Além disso, nunca faltam, numa plateia desse tipo, os que nunca foram abusados, mas, mesmo assim, estão a fim de linchar um pedófilo só para mostrar a si mesmos e ao mundo que esse desejo doentio não faz parte do seu repertório.

Outra questão delicada: quem foi ou acha que foi molestado quando criança não quer ouvir falar da complexidade dos sentimentos das vítimas no momento do abuso e dos caminhos pelos quais elas poderiam transformar o que aconteceu em algo diferente de um trauma irreparável. Tudo que as vítimas querem é se sentir amparadas, reconhecidas como vítimas e vingadas.

O presidente da mesa anunciou as regras do encontro: eu falaria por cerca de uma hora, e depois disso teríamos outra hora de perguntas por escrito. Obviamente, só algumas seriam respondidas, mas as que sobrassem me seriam entregues e, quem sabe, eu responderia mais tarde, por e-mail, contanto, claro, que o autor da pergunta indicasse seu endereço.

Decidi me concentrar na fantasia que anima o pedófilo, realize ele ou não seus devaneios. Nesse campo, eu tinha algo relativamente novo para dizer: minha experiência clínica sugeria que o importante para o pedófilo não é a carne fresca, não é a juventude do corpo de sua vítima, mas a vontade de induzi-la a aceitar algo que ela desconhece e não entende. O mantra do pedófilo é algo assim: "Ele (ou ela) não sabe o que eu estou fazendo com seu corpo". Em suma, a pouca idade da vítima é apenas uma garantia de sua inocência e ignorância, um indício que permite ao menos manter a ficção de que a vítima não sabe o que lhe está sendo feito.

Meu exemplo central foi o de um padre americano que relatara, numa longa confissão, que seu prazer consistia em convencer os meninos a praticar sexo oral nele depois de lhes explicar que aquela era uma forma excelente de santa eucaristia, uma maneira particularmente abençoada de eles receberem a comunhão.

Em suma, afirmei, o pedófilo gosta de iniciar, de formar o outro que não sabe nada. Acrescentei que, por trás de quase todas as nossas escolhas profissionais, há uma fantasia que, ao ser reprimida, adquire uma função social importante e positiva. Por exemplo, para ser cirurgião, é necessária uma certa dose de sadismo, que, uma vez reprimido, é justamente o que permite que alguém goste de cortar o corpo dos outros para salvá-los ou curá-los. Da mesma forma, o desejo pedofílico seria a fantasia sexual que, uma vez reprimida, anima nossas paixões pedagógicas mais meritórias e socialmente necessárias.

Em outras palavras, insisti, querer inculcar valores, crenças e ideias em crianças "ignaras e inocentes" é um projeto socialmente indispensável (e um pouco heroico). Sem desonrar esse projeto, é possível constatar que ele provavelmente se alimenta da mesma fantasia que excita um pedófilo.

A palestra terminou. O presidente da mesa, sentado ao meu lado, fez a primeira pergunta, que, quando a gente vem de fora, é sempre sobre diferenças culturais. Tive, portanto, que explicar que eu não achava que a pedofilia nos Estados Unidos fosse muito diferente da brasileira. Em seguida, a plateia passou a encaminhar questões por escrito, filtradas pelo presidente da mesa.

Logo percebi que, apesar dos meus esforços para evitar mal-entendidos, eu tinha conseguido indignar uma classe bem mais ampla que a dos abusados e molestados: a dos professores, de todas as séries, e a dos pais, de todas as idades. Tentei, pacientemente, explicar que entender a fantasia do pedófilo como algo mais do que apenas um frenesi vampiresco por carne pré--púbere era crucial para tratar os pedófilos e talvez até para prevenir, diagnosticar e identificar casos de pedofilia. Consegui em parte. As perguntas choviam sobre a mesa. A cada vez, antes de responder, eu procurava com o olhar, no auditório, a pessoa que havia feito a pergunta, pedindo que ela levantasse a mão. Em geral, prefiro responder num diálogo efetivo, olhando para quem me questiona — não deixa de ser também uma estratégia para captar a simpatia de meus interlocutores.

Foi nesse movimento de vasculhar o auditório com o olhar que eu a vi. No fundo da sala, à direita, em pé, perto da porta. Reconheci o cabelo loiro e, sobretudo, o impermeável vermelho-vivo que eu conhecia bem. Era a única mancha francamente vermelha entre as centenas de pessoas que lotavam o auditório. Seu rosto, mesmo de longe, brilhava, branco, quase espectral. Era Woody Luz.

Será que ela estava lá desde o começo ou havia chegado no fim? Difícil dizer; talvez ela estivesse sentada e meio escondida atrás de alguém durante a minha exposição e agora tivesse se levantado. Ela não era a única: muitas pessoas estavam assistindo ao fim do debate em pé, perto da porta, para chegarem mais rápido ao estacionamento.

Continuei naquele jogo de perguntas e respostas, mas sem perder Woody de vista. Meu olhar passava por ela toda vez que eu procurava meu interlocutor pelo auditório.

Por fim, o presidente leu a última pergunta, embora, acrescentou, sobrassem muitas outras, que, como anunciado, ele me entregaria.

Fui aplaudido calorosamente, e eu mesmo aplaudi a plateia, procurando Woody com o olhar. Ela ainda estava lá, no fundo, próxima de uma porta de saída, e me pareceu que me fazia um gesto de despedida. Houve saudações, abraços oficiais e fotografias com os responsáveis pelas instituições que haviam me convidado. Várias pessoas se aproximaram para me fazer mais uma ou outra pergunta ou para pedir que eu autografasse livros; algumas traziam convites para outras palestras. Quando tudo, enfim, acabou, Woody tinha sumido.

O presidente da mesa me entregou a volumosa pilha das perguntas que não tinham sido respondidas, com um pequeno comentário sobre o quanto minhas ideias eram estimulantes. Todas as perguntas pareciam ter sido escritas nas folhas do bloco de anotações que fora oferecido a todos na entrada, junto com uma caneta publicitária. Mas no meio da pilha destacava-se um bilhete totalmente diferente dos outros, não pelas palavras, que eu ainda não tinha lido, mas pelo próprio papel: era uma ficha de cartão delgado, vermelha. Quando a puxei, me dei conta de que, de fato, ela era mais elaborada: um retângulo de dez por quinze centímetros, atravessado por uma diagonal, de ambos os lados, e de cada lado uma das metades da folha assim separadas era branca, e a outra vermelha. Isso de tal forma que o que era vermelho de um lado era branco do outro. Era uma produção caseira, porém cuidadosa, provavelmente o trabalho de uma impressora de jato de tinta. Na parte branca, havia três linhas escritas à mão, numa caligrafia elegante e inclinada, parecida com a letra com a qual Woody tinha anotado seu nome na ficha do meu consultório.

Dizia: "Viu, doutor? Não aconteceu nada de tão grave. E, cá entre nós, juro que não tem nada de pedofílico na minha vontade de educar as crianças (rs). Enfim, se quiser, me ligue. Abs, Woody". E depois um telefone celular de São Paulo.

14 de julho, noite
São Paulo

Ricardo e Alexandre, que tinham promovido minha palestra (e com quem eu não me encontrava fazia tempo) decidiram que a gente terminaria a noite num restaurante japonês, onde, nos meus anos paulistanos, eu jantava pelo menos uma vez por semana: o Lika, na rua dos Estudantes, no bairro da Liberdade.

Enquanto caminhávamos até o estacionamento ao lado do Masp, Ricardo me anunciou, jocosamente, que nosso jantar me reservaria uma surpresa.

À tarde, uma mulher comparecera ao consultório de Ricardo, cujo endereço estava no material de divulgação da palestra. A mulher queria saber onde eu morava e qual era meu telefone paulistano. A secretária do consultório tinha resistido corajosamente, ajudada pelo fato de que a mulher só falava inglês: a secretária não entendia ou fizera de conta que não entendia, para não responder. No fim, como a visitante não desistia e não ia embora, a secretária contatara o próprio Ricardo, que se dispusera a ver a mulher entre dois pacientes.

"Então, quem era?", perguntei.

"Não sei dizer se ela estava na plateia, mas ela entendeu que o auditório não seria o lugar ideal para o reencontro entre grandes amigos que não se veem há décadas. Embora ela não tenha me parecido mal-intencionada nem maluca, não quis dar o endereço da sua casa — que, cá entre nós, um monte de gente em São Paulo conhece, só que ela não é daqui, obviamente.

"Então", concluiu Ricardo, "eu disse à mulher onde jantaríamos depois da palestra. A vantagem é que, se ela for mesmo desagradável, Alexandre e eu protegeremos você com nossas vidas."

"Claro, claro", comentei, tentando mostrar que estava achando tudo aquilo muito engraçado, embora, no fundo, estivesse achando chato e um pouco inquietante.

Atender pacientes durante tantos anos me tornou um pouco fóbico.

Woody seria perfeitamente capaz de se fazer passar por gringa e só falar inglês. Mas por que ela recorreria a esse estratagema? Afinal, ela fora à palestra e, se quisesse me ver, teria simplesmente esperado. Se não fosse Woody, quem mais?

Insisti: "Mas como é essa mulher?".

"Ah!", brincou Ricardo, "se eu começar a descrevê-la, vou dizer uma coisa que vai acabar com a surpresa."

Com isso, talvez ele estivesse confirmando minha suspeita: vai ver que, se ele começasse a descrevê-la, deveria dizer que ela se veste de vermelho e branco, pensei.

Já estávamos estacionando na rua dos Estudantes.

Declarei: "O jantar promete". E Ricardo se deu conta de que eu estava sendo sarcástico.

O restaurante ainda guardava meu conjunto pessoal de pauzinhos, numa caixinha laqueada, com meu nome: Carlo--San. Talvez ainda houvesse um pouco de uísque na última das garrafas que, durante anos, se sucederam na estante reservada aos clientes regulares. Mas não havia sobrado nada. Melhor assim: de qualquer forma, o uísque estaria chocho.

O dono e sushiman Lika, que na verdade é baiano, e sua mulher (que estava no caixa e, ela sim, é japonesa) me reconheceram e receberam com carinho. O mesmo aconteceu com Mitsu, o outro sushiman, que é paulista. Alexandre e Luisa, sua mulher, também terapeuta, estavam nos esperando, sentados à única mesa que fica junto ao balcão e onde bandejas e pratos são servidos diretamente pelo sushiman; Ricardo e eu nos juntamos a eles. Deixamos que Lika e Mitsu decidissem quais iguarias seriam servidas e, como meu uísque já era, pedimos uma garrafa de saquê.

Antes de sentar no meu lugar, que dava as costas para o salão, percorri as outras mesas com o olhar. Nenhuma mancha bicolor à vista. Não sabia se Alexandre estava a par da história da mulher surpresa. Para evitar ter que dar explicações caso ele não soubesse, interpelei Ricardo com um gesto discreto. Ele sorriu e me mostrou as palmas das mãos numa atitude que podia significar qualquer coisa, mas que eu entendi assim: não tenho culpa se a mulher misteriosa não veio.

Conversamos sobre os velhos tempos e sobre as novidades do último ano no mundo psi. Enquanto compartilhávamos um grande prato de suzukuri, Alexandre observou: "Carlo, você está fazendo sucesso. Não se vire, mas tem uma mulher com o olhar cravado na sua nuca".

"Uma mulher de vermelho e branco?"

Tanto ele quanto Ricardo mostraram uma surpresa genuína. "Não", respondeu Alexandre, "uma japonesa."

"Onde?", perguntei.

"Num cubículo, no ângulo oposto ao nosso. Mas cuidado, ela está acompanhada, e o cara parece forte."

Tentei observar a mesa em questão sem me virar inteiramente, ou seja, sem expor demais minha curiosidade. Enxerguei, de lado, um jovem moreno e musculoso e, mais de frente para mim, uma mulher oriental mais velha, entre quarenta e cinquenta anos. De fato, ela estava olhando para mim e não desviou o olhar. Imediatamente voltei a encarar meus comensais e observei: "Não é japonesa, é vietnamita".

Cada etnia costuma ser pouco sensível às diferenças de fisionomia das outras — tanto individuais quanto coletivas. Em São Paulo, onde vive uma grande comunidade de imigrantes japoneses, qualquer oriental, chinês ou coreano, é um "japa". Em Nova York, quando um branco tenta descrever o rosto de um negro, em geral não consegue dizer nada além dos traços que valem para a imensa maioria dos negros (pele escura, nariz largo, lábios espessos). É como se, na outra etnia, não houvesse diferenças. Não sei se acontece a mesma coisa com os negros quando eles olham para os brancos, mas é provável que sim.

Não sou exceção a essa regra, mas nos anos 1970 convivi bastante com a comunidade vietnamita de Paris, sobretudo os recém-chegados. Com isso, aprendi a notar a diferença, pelo aspecto, pela gestualidade e pela sonoridade da língua. Naquele momento, só contava o aspecto, pois era possível ouvir que, naquela mesa, o diálogo acontecia em inglês. Quer dizer, em termos: o rapaz não parecia nem entender nem se expressar direito, e a eventual hilaridade da mulher talvez fosse produzida por essa dificuldade de comunicação.

Alexandre, que podia enxergar todo o salão facilmente, comentou: "Eles estão conversando, mas ela não para de olhar para cá".

"É ela a surpresa?", perguntei a Ricardo.

"É, sim. Você não a reconheceu? Ela disse que era uma

grande amiga sua." Bom, a surpresa, então, não era Woody. Melhor assim, mas quem era?

Virei-me ostensivamente. Sim, eu conhecia aquela mulher, que, como disse, tinha por volta de cinquenta anos, era bonita e parecia inquieta, tensa. Certamente, não era uma antiga paciente. Mas também não era uma desconhecida. Eu estava sendo inconveniente; daqui a pouco, pensei, o homem se levantaria e viria me pedir satisfação, achando que eu estava descaradamente tentando seduzir sua companheira. Mas era tarde para disfarçar, o olhar da mulher estava travado no meu, e o meu no dela.

O que ela contara a Ricardo horas antes devia ser verdade. Embora houvesse uma simpática malícia no brilho de seus olhos, ela não estava apenas flertando comigo. Obviamente, ela me conhecia, tinha me reconhecido e esperava que eu também a reconhecesse — situação desagradável pela qual já passei mais de uma vez.

Ambos desistimos das conversas de nossas mesas sem esconder o fato de que estávamos fascinados um pelo outro. Os amigos sentados comigo pararam de falar, como se não quisessem atrapalhar o suspense. O mesmo aconteceu com ela: o homem que a acompanhava se virou para tentar descobrir o que estava capturando a atenção de sua companheira. Aos poucos, as outras mesas foram ficando em silêncio.

A mulher vietnamita se levantou e, sem afastar os olhos dos meus, avançou na direção da mesa à qual eu estava sentado com meus amigos. Também me levantei e fui timidamente na direção dela.

Ficamos na frente um do outro, no meio do restaurante silencioso. Parecíamos estar atuando num velho bangue-bangue — logo puxaríamos as armas para ver quem atirava mais rápido. Foram poucos segundos, então me lembrei. Ela sabia quem eu era desde o momento em que eu entrara no restaurante, mas o fato é que parecemos nos reconhecer mutuamente no mesmo instante. "Carlo", ela chamou carinhosamente, como se quisesse me acordar sem me assustar. "LeeLee", respondi, quase *sotto voce*. E caímos nos braços um do outro, rindo.

Fazia mais de vinte e cinco anos que não nos víamos. Não conseguia me lembrar exatamente da última vez, da despedida final: como e quando tinha sido? Mas me lembrava muito bem da primeira vez, de quando LeeLee entrara na minha vida.

Que ano era? 1977? Não, era 1976. Eu vivia em Paris, na rue Vielle du Temple, no Marais, e frequentava um pequeno restaurante vietnamita, quase um boteco, trinta metros quadrados ocupados pela cozinha, pelo balcão e por algumas mesas de fórmica, na rue Sainte-Croix-de-la-Brétonnerie. Era onde eu almoçava e jantava. A comida era boa, e o serviço, rápido. Rápido demais, aliás: um jeito de sugerir que não era para ficar muito tempo, para que a mesa fosse logo oferecida ao próximo cliente. Não serviam nem café nem chá no fim das refeições, e, fato inusitado, a conta já chegava junto com o prato. Apesar disso, o restaurante tinha se tornado ponto de encontro de meu grupo de amigos mais próximos, ou melhor, daqueles amigos que eram solteiros e moravam no Marais. Era quase certo que, depois das nove, quem tivesse que jantar sozinho encontraria companhia no vietnamita da rue Sainte-Croix-de-la-Brétonnerie, e, naquele horário, daria para ficar na mesa o tempo que quiséssemos. Até chá eles poderiam servir.

De fato, à noite, ficávamos até o estabelecimento fechar, o que acontecia num horário não muito bem definido — em geral, quando só sobrávamos nós e, aparentemente, não comeríamos nem beberíamos nada cujo valor justificasse que eles permanecessem abertos. Às vezes, se algum de nós chegava tarde e decidia jantar, todos pedíamos uma nova rodada de petiscos, e quem estivesse servindo naquela noite fechava a persiana de ferro e trazia até uma cerveja ou um vinho péssimo, bebidas que o estabelecimento não tinha licença para vender e que ficavam guardadas na geladeira particular da residência do dono — dois quartos em cima do restaurante.

Digo o dono, mas, na verdade, era uma família. Os mais jovens (dois meninos e uma menina) só apareciam à tarde, quando voltavam da escola, e sumiam cedo, lá pelas nove e meia da noite. Os outros, um velho patriarca, um casal ao redor dos quarenta anos e uma mulher um pouco mais jovem, estavam sempre no restaurante. O patriarca e a mulher que era parte do casal cozinhavam, o homem e a mulher mais jovem serviam e cuidavam do caixa. Eu sabia que as duas mulheres eram filhas do velho patriarca, e foi só depois, com a chegada de LeeLee, que entendi que, de fato, todos viviam nos dois pequenos quartos no andar de cima, aos quais se tinha acesso por uma escada em caracol no fundo da cozinha. No andar de cima, não havia propriamente um banheiro, mas, num dos quartos, uma torneira e uma tina para tomar banho. Não havia toaletes nos quartos nem no restaurante, só na escada do prédio, no segundo andar. O casal dormia num dos quartos, com as duas crianças, o velho dormia no outro, e a filha mais jovem dormia no próprio restaurante, em um colchonete que era preparado toda noite e retirado de manhã. Mais tarde, LeeLee também dormiria sobre um colchonete, no restaurante.

Com exceção das crianças, ninguém falava francês fluentemente. Tentavam, mas sem grande sucesso e convicção, embora fossem imigrantes antigos, dos anos 1950, quando os franceses abandonaram o Vietnã ao Vietminh. Assim, não mantínhamos nenhuma conversa com eles, apenas trocávamos saudações convencionais.

Num dia de 1976, LeeLee apareceu. Ela também falava mal

o francês; em compensação, falava um inglês, ou melhor, um americano peculiar, cheio de gírias e gramaticalmente incorreto, mas muito eficaz. Era meio-dia, antes do rush, e me lembro que lhe perguntei se ela ia trabalhar ali. Ela me disse que sim e que não, que o velho era seu tio, o casal e a mulher mais jovem eram primos, e os pequenos, seus sobrinhos, e que ela tinha vindo para ficar, "I'm here to stay, babe". Quando tentei começar uma conversa e sugeri que a gente poderia sair uma noite para que eu lhe mostrasse Paris, ela imediatamente respondeu: "You wanna fuck me, babe?". Neguei, ou melhor, minimizei: "Não, não sei, vamos sair, conversar, nos divertir; não é preciso trepar, não na primeira vez", disse rindo, ou seja, tentando amenizar o clima. Mas ela não largou o osso: "What is it? You just want sucky sucky?". Expliquei que o boquete também não era necessário, não na primeira vez.

Mais tarde, quando lhe perguntei se era sempre assim que ela abordava os homens, ela me respondeu que, primeiro, ela não tinha abordado ninguém, eu que a tinha abordado, e, segundo, ela perguntava só porque queria saber, e isso não significava que ela toparia. Acrescentou que todos os seus namorados tinham sido soldados, e os soldados não têm tempo para preliminares. Se é para amar, melhor amar logo. Amanhã nunca se sabe.

Foi o começo de uma amizade e de algo que talvez fosse um namoro. Claro que era um namoro, só que era um namoro com LeeLee.

LeeLee, aliás, era o apelido que ela ganhou no dia de sua primeira aparição no restaurante. Alguém da nossa mesa, Jeannot, o livreiro antiquário da mesma rue Sainte-Croix--de-la-Brétonnerie, já bêbado no fim da manhã, fez um gesto infeliz, como se quisesse passar a mão debaixo da sainha da nova garçonete. De maneira acrobática, felina e elegante, sem largar o prato que mantinha na mão direita, a garçonete rodopiou sobre um pé e, com a mão esquerda, agarrou e torceu a mão de Jeannot, até imobilizá-la sobre a mesa, enquanto Jeannot era obrigado a se ajoelhar no chão para evitar que o pulso quebrasse. Émile, também livreiro do bairro, exclamou, ou melhor, gritou, desencadeando o riso de todos os clientes do restaurante: "Mas não é uma moça, é Bruce Lee! Digo-lhes, senhores e senhoras, que Bruce Lee voltou ou nunca morreu, aqui está ele, entre nós!". Desde então, passamos a chamar a recém-chegada de BruceLee, como se fosse uma palavra só, ou de LeeLee, apelido que aos poucos prevaleceu porque, apesar da insistência sobre as vogais, podia ser confundido com Lilly ou Lili, e portanto parecia ser um nome normal. LeeLee gostou — da observação de Émile e de seu novo nome. Soube depois que seu nome verdadeiro, em vietnamita, era Linh — não tão diferente —, e significava algo como "espírito gentil". Por isso mesmo, ela achou simpático ter um apelido de batalha mais agressivo, e decretou que "LeeLee" era "Number One", Número Um, numa escala da qual ela se servia com frequência e na qual Um era ótimo e Dez, péssimo.

Entre a fuga do Vietnã e a chegada a Paris, a vida de LeeLee não devia ter sido fácil, mas não havia nela a menor disposição para a autocomiseração. Em geral, vivia sem marcha a ré e como se nunca tivesse tempo para preliminares, sexuais ou não. Ficamos amigos em poucas horas, mas amigos como se sempre tivéssemos sido. Fomos amantes na mesma noite e namorados, digamos assim, a partir da manhã seguinte.

Nós nos víamos todos os dias, no almoço e de novo no jantar, enquanto ela trabalhava e eu fazia minhas refeições no restaurante. Depois, ela saía comigo, sob o olhar desconfiado e desaprovador do tio e dos primos, mas sem a menor culpa. Quem de vez em quando se sentia culpado pela censura da família era eu — ela, jamais. Passávamos a noite juntos e tomávamos o café da manhã no bistrô embaixo do meu apartamento. No seu dia de folga, a gente passeava por Paris. Enfim, passear com LeeLee não era bem passear, era correr atrás dela ou procurá-la quando sumia numa rua lateral, num beco ou no portão de uma casa. Anos mais tarde, eu teria dito que Lee-Lee sofria de um déficit de atenção, mas teria errado. Ela era, simplesmente, voraz.

Uma noite, passeando pela rue Saint-Denis, LeeLee sumiu, como acontecia com frequência. Quando me virei para procurá-la, ela estava do outro lado da rua, dialogando com uma prostituta, numa troca animadíssima de palavras e mímicas que já estava chamando a atenção da tropa de clientes potenciais que dão àquela área de Paris uma atmosfera única — com uma espessura quase física do desejo, como uma névoa de tesão.

De longe, LeeLee me fez um gesto para que me aproximasse. Queria que eu pagasse a moça para que transássemos os três juntos. "She's beautiful", repetia. Tentei lhe dizer que, tudo bem, ela era linda, mas o programa que ela estava tentando organizar não tinha nada a ver com o que eu desejava — para mim, seria chato e, mesmo para ela, não seria nada do que ela imaginava. Mas LeeLee insistia: "She likes us", vai ser legal, vamos ser amigos, vamos rir muito. Tentei convencer LeeLee do contrário: "Ela gosta de clientes em geral, não de nós em particular". Em vão; só ganhei suas piores notas:

"Você é moralista, tão moralista, babe. Número Dez. Não acredita que a moça possa gostar de transar com a gente? Está com medo de quê? Pior que Número Dez, Número Doze."

LeeLee sabia que eu gostava de passear pelos *bas-fonds* de Paris. Não era nenhuma fascinação específica por abjeções e aberrações. De alguma forma, era (e ainda é) como se, para mim, a essência da liberdade fosse a liberdade de se perder, de se extraviar. Nas sarjetas, respiro a liberdade levada a sério. Por isso talvez eu pudesse entender o que LeeLee não se cansava de repetir: a Saigon de sua adolescência tinha sido uma sarjeta e, além disso, a falsa capital de uma nação dependente, subjugada há séculos. Mas naquela Saigon LeeLee tinha sido livre — e por isso mesmo, de alguma forma, feliz.

Não me lembro exatamente de quanto tempo durou nosso namoro, mas durou. Talvez seis meses, talvez perto de um ano. Sei que acabou quando LeeLee foi passar uma temporada em Bruxelas, visitando parentes, e ficou mais do que previsto. Quando reapareceu no restaurante da rue Sainte-Croix-de-la-Brétonnerie, ela não precisou me dizer nada, eu soube na hora que a coisa tinha acabado. Parei de frequentar o restaurante, e a gente se perdeu de vista. Pensei que era melhor assim: namorar LeeLee tinha sido um vendaval, algo como viver olhando o tempo inteiro para um móbile, mas não desses que servem para fazer os bebês dormirem: um móbile enlouquecido por um vento forte e instável.

Mas eram pensamentos para me consolar. E não funcionavam: fiquei inconsolável por mais de um ano, parado, prostrado, como se não houvesse mais ninguém com quem valesse a pena andar ou correr pelas ruas de Paris.

Agora estávamos lá, vinte e sete anos depois, no meio do Lika, na rua dos Estudantes, em São Paulo, rindo e apertando a mão e o braço um do outro, como se quiséssemos verificar se éramos de verdade. LeeLee me empurrou na direção da porta: "Vem, vem".

Paramos na rua, ao lado do restaurante; eu me encostei no muro do edifício, e ela passou as mãos no meu rosto, como um cego que quisesse identificar traços conhecidos. Talvez ela procurasse sentir, por baixo dos anos, meu rosto de duas décadas antes. Enfiei a mão nos seus cabelos, porque sabia, me lembrava, como uma memória corporal, de que ela gostava disso.

Nenhum dos dois tinha pressa de falar.

O companheiro de mesa de LeeLee saiu do restaurante, aparentemente para ver se estava tudo bem. LeeLee lhe disse, num inglês que ela tentou simplificar ao máximo e quase soletrar, que eu era um velho amigo, o grande amigo de muitos anos atrás que ela estava procurando, e pediu que o homem voltasse para a mesa e a esperasse. Soube depois que, ao voltar e perceber o olhar interrogativo dos meus comensais, ele transmitira para eles a mesma explicação.

Perguntei: "Quem é, uma nova conquista?".

"Não", respondeu LeeLee, rindo, "é um escort, um acompanhante. Estou aqui há três dias e, sabe como é, eu gosto de um pouco de sexo. Foi o porteiro do meu hotel quem indicou; eu só pedi que o sujeito falasse inglês ou francês e que soubesse usar os palitinhos de restaurante japonês".

"Por que isso?", perguntei. "Uma vontade repentina de comer sushi e sashimi? Ou uma nova perversão?"

"Uma nova perversão é o que o porteiro do hotel deve ter pensado, mas não disse nada, só fez o que devia para ganhar sua gorjeta. Na verdade, é um truque que funciona em qualquer lugar do mundo, exceto no Oriente, claro. Você pede um acompanhante que saiba usar os palitinhos, e é um bom critério: quase sempre é alguém com um mínimo de curiosidade e de cultura, alguém que sabe conviver com usos e costumes diferentes dos seus."

Agora era LeeLee quem estava apoiada contra o muro do edifício, e a gente se olhava e sorria. Pensei que, para quem viveu separações forçadas e violentas, os reencontros são sempre especiais, uma festa, uma celebração de que todo mundo sobreviveu.

Minhas partidas, ao longo da vida, não foram forçadas, mas foram muitas. Por isso, para mim também, os reencontros são especiais.

LeeLee perguntou: "Você se lembra de meus seios de champanhe?". Claro que me lembrava. Hoje se toma champanhe em copos finos e altos; na época, tomava-se em taças largas e abertas. Uma noite, no restaurante da rue Sainte-Croix-de-la-Brétonnerie, uma discussão dividia os amigos de sempre, sentados ao redor da mesma mesa, entre os que gostavam de mulheres bem peitudas e os que preferiam, digamos, as mais enxutas. Alguém repetiu uma frase já batida: um seio perfeito deve caber exatamente num copo de champanhe. Comentei, com entusiasmo, que assim eram os seios de LeeLee. Ela, para provar que de fato seus seios cabiam perfeitamente no copo, foi imediatamente para os fundos, voltou com um copo para champanhe, baixou a parte de cima do vestido e, sob o olhar interessado da nossa mesa e estupefato dos outros clientes, encaixou o copo em cada seio, um depois do outro, e rodopiou para que todos no restaurante pudessem conferir. Desde então, eu lhe dizia sempre que adorava seus seios de champanhe. Claro que me lembrava deles.

LeeLee desabotoou e abriu rapidamente a camisa branca que vestia. Não estava usando sutiã, nunca usara no passado, mas agora não havia mesmo por que usar. Ela disse: "Tive câncer, e me curaram". No lugar dos seios de champanhe havia duas cicatrizes horizontais; só isso, nenhuma tentativa de reconstituição. Seu torso, seu abdômen reto e seco, sem gordura, tinha agora a aparência do corpo de um adolescente pré-púbere.

Eu sabia que as cicatrizes daqueles cortes deviam ser quase insensíveis ao toque. Mas as cobri com minhas mãos, assim como costumava fazer com seus seios de champanhe. "Você continua linda", disse, comovido não pela história do câncer, mas pela beleza de LeeLee, a da época e a de agora.

Ela colocou suas mãos sobre as minhas, para que eu as deixasse onde estavam e se aproximou até me beijar. Com o canto do olho, vi o guarda dos carros do Lika fingindo-se muito interessado em alguma coisa que estaria acontecendo exatamente na outra direção. Devolvi o beijo. A boca de LeeLee era firme e fresca e tinha um leve gosto de sukiyaki. Fazia todo sentido, pois sukiyaki é a coisa mais parecida com a cozinha vietnamita (a de Paris, ao menos) que se pode encontrar num restaurante japonês.

No fim, me afastei lentamente, e LeeLee reabotoou sua camisa e perguntou "You wanna fuck me, baby?". Achei descabido, fora do tom do nosso reencontro, mas logo me lembrei da nossa primeira conversa em Paris e respondi: "Não sei, maybe I'll just take sucky sucky". Sorrimos um para outro, pela lembrança comum.

"E aí?", ela perguntou levantando minha mão esquerda e puxando meu anular sem aliança, "você se casou?"

"Várias vezes", respondi, "e você?"

"Nunca", ela disse, "mas tenho um filho."

"Eu também tenho um filho", e imediatamente acrescentei: "Está procurando marido?"

"Só flertando", ela sussurrou. E me beijou de novo.

Então ela me perguntou se eu morava em São Paulo e lhe expliquei que não, que tinha vivido aqui e ainda tinha uma casa na cidade, mas que agora morava em Nova York e estava aqui de férias. E ela, morava onde? O que estava fazendo no Brasil?

LeeLee continuava em Paris, embora — ela brincou — não dormisse mais no restaurante da rue Sainte-Croix. Mas o restaurante ainda existia.

Quanto ao Brasil, LeeLee não estava passando férias em

São Paulo: "Estou em missão", disse misteriosamente, e acrescentou: "Vamos embora, vem comigo".

Voltamos para o salão do Lika. Cada um de nós foi para sua mesa explicar o que havia acontecido e se desculpar pela interrupção do jantar. Ao pagar a conta, LeeLee discretamente pagou também os honorários do rapaz e deixou um extra para o táxi. Saímos de mãos dadas.

"Estou com um carro alugado, mas você deve conhecer a cidade melhor do que eu", ela disse me oferecendo as chaves. LeeLee estava hospedada num hotel perto da Paulista, o Maksoud, e fomos para lá.

No caminho, ela perguntou: "Carlo, você não recebeu meu e-mail ou não respondeu?". Estranhei: "Não recebi nenhum e-mail seu. Claro que eu teria respondido. Quando você mandou e para qual endereço?".

LeeLee tinha escrito na quarta-feira anterior, para meu endereço de e-mail brasileiro, e eu sempre me esqueço de verificar a "quarentena" para a qual o filtro anti spam do provedor manda todo e-mail desconhecido. Ela contou que, poucos dias antes, recebera a circular de uma *mailing list* de vietnamitas dos Estados Unidos onde havia um link para um antigo texto meu, "Vietnam Reconsidered". Ao reconhecer meu nome, LeeLee tinha clicado no link.

Eu podia imaginar a reação de LeeLee. O texto era a transcrição de minha contribuição a um seminário, "Twenty Years after the Fall of Saigon — Reconsidering Vietnam", organizado por uma universidade de Boston em abril de 1995, exatos vinte anos depois da queda de Saigon e do fim da guerra do Vietnã. De fato, recentemente, eu tinha sido notificado de que os organizadores do seminário publicariam on-line as numerosas contribuições, para que elas não se perdessem, visto que o seminário nunca tinha caído nas graças de uma editora.

Eu me lembrava de que minha fala começava contando meu encontro com LeeLee, em Paris, em 1976, e mostrava como esse encontro amoroso com uma refugiada tinha transformado minha visão a respeito da guerra do Vietnã.

LeeLee disse: "Li o texto, achei Número Um. Fiquei feliz que você se lembrasse de mim". Ela apertou a minha mão e acrescentou, com uma ponta de ironia: "De qualquer forma, eu sou inesquecível". Era mesmo.

LeeLee contou que, depois de ler o texto, ela tinha procurado meu nome no Google e reconstituído um pouco da minha história desde aquela época. Mas não teria me procurado só para curtir lembranças, esse não era seu estilo. Ela tinha notado que havia, no resultado da pesquisa no Google, uma série de páginas numa língua que ela não entendia, o português do Brasil. Ela não tinha conseguido apurar se eu estava nos Estados Unidos ou no Brasil, mas, no mínimo, eu tinha alguma coisa a ver com o Brasil. E uma das páginas mais recentes anunciava a palestra no Masp, com o nome e o endereço da organização do evento. LeeLee estava justamente às vésperas de viajar para o Brasil, onde não conhecia ninguém, onde não havia uma comunidade vietnamita com a qual ela tivesse podido se corresponder antes da viagem e onde seria bom ter um amigo capaz de lhe dar algumas dicas para sua missão.

Não deu tempo de perguntar qual era a missão. Chegamos ao Maksoud e entreguei o carro ao manobrista. Acompanhei LeeLee até a recepção para pegar a chave do quarto. Imaginava, sei lá por quê, que ela quisesse uma certa discrição e fiz a minha cara de amigo que sobe para ver as estampas antigas das quais ouviu tanto falar. Mas, decididamente, LeeLee não tinha mudado. Quando o porteiro lhe entregou a chave, ela comentou: "Viu? Nem precisava de um escort; arranjei rápido um amante.

Muito melhor, hein?". O porteiro, nem um pouco constrangido, sorriu para ela e para mim.

Entramos no quarto e, sem mais conversa, transamos longamente. Não era paixão; era uma transa contra o tempo que passa, contra o câncer, contra o espaço e a vida que separam os amantes e os amigos.

15 de julho, madrugada
São Paulo

Encaixado no corpo de LeeLee, eu estava quase pegando no sono. Pensava nos acontecimentos daquela noite.

Revia a mancha vermelha e branca de Woody se afastando aos poucos, no escuro da porta de saída do auditório do Masp. "Amanhã ligo para ela. Mas amanhã já é hoje. Hoje ligo para Woody", pensei.

Revia também o olhar maroto de LeeLee, no Lika, quando eu ainda não a tinha reconhecido. Era muito bom passar a noite com um amor que parecia perdido para sempre; era como se a vida me devolvesse algo que havia me roubado anos antes, um pequeno prêmio.

Mesmo com a idade, LeeLee não tinha perdido nada de sua vitalidade. De repente, ela se sentou na cama e perguntou: "Então, você viveu aqui, em São Paulo?".

Custei a sair de um torpor que era quase sono, mas consegui responder: "Sim, é como te disse, morei aqui antes de me mudar para Nova York". "Muito bom", ela disse levantando-se e me acordando de vez, "show me your city."

Disto eu me lembrava: contrariar LeeLee era um esforço inútil. "Tudo bem", respondi resignado e sonolento, "vou te mostrar a minha cidade."

Mas eram quase duas horas da manhã. Mostrar o quê? LeeLee sugeriu: "Vamos pegar o carro e dar uma volta, ver a noite".

Descemos, pedimos o carro de LeeLee e saímos. Dei uma volta, digamos, monumental: percorri a Paulista até o fim, desci a Consolação e fui circulando pelo centro: o Teatro Municipal, a prefeitura, os viadutos e o Anhangabaú, a Estação da Luz e a Sala São Paulo, tudo visto de fora e sem trânsito. Voltei pela Nove de Julho na esperança de encontrar um restaurante aberto na rua Amauri. Mas era tarde demais. LeeLee sugeriu: "Não um restaurante, um lugar para gente da noite, não tem?". Pensei em voltar para o centro e acabar no Love Story. Mas já estava na Faria Lima e continuei na direção oeste com a ideia de mostrar a LeeLee o edifício do Instituto Tomie Ohtake. Quando passávamos pelo largo da Batata, LeeLee gritou: "Stop, stop, vamos jogar sinuca!".

No largo da Batata, lá pelas três da madrugada, os que tinham trabalhado até aquela hora e esperavam o ônibus da manhã se confundiam com os que chegavam cedo ao bairro e com os que, simplesmente, se perderam na noite (suja ou não), como LeeLee e eu. O Moranguinho, um bar de sucos naturais, estava fechado. Em compensação, bem ao lado, o Luz de Miami, com música ao vivo, estava aberto, com suas mesas na calçada — a noite era clemente, embora fosse inverno. No primeiro andar, em cima do Luz, o Love Dance Café parecia animado. Do outro lado do Moranguinho, também aberto, com mesas na calçada e cara de café-boteco tradicional, estava o Goela Seca, com sinuca no fundo. Estacionei quase em frente ao Goela.

LeeLee olhou ao redor e comentou: "My kind of place".

Não entendi se o tipo de lugar que ela gostava era o largo da Batata naquela hora da madrugada ou mais especificamente o Luz de Miami, o Love Dance ou o Goela Seca. De qualquer forma, eu receava que ela tivesse a ideia de substituir seu escort moreno capaz de comer com palitinhos num restaurante japonês por uma acompanhante que, sem sombra de dúvida (ela tentaria me convencer), gostaria loucamente de nós dois. E fiquei feliz que LeeLee se sentisse atraída pela sinuca do Goela.

LeeLee parou na entrada do bar. Apontando o tapete de boas-vindas com o nome do estabelecimento e a inscrição luminosa acima de nós, perguntou: "Como é? Guela ou Goela?". De fato, as grafias eram diferentes, Goela em cima e Guela embaixo. Respondi: "É goela, mas se lê guela; tanto faz, significa garganta, é um convite para beber". "Lá vamos nós", aceitou LeeLee. E foi direto para a mesa de sinuca. Sem hesitar nem me pedir que servisse de intérprete, com poucos gestos ela perguntou aos dois homens que estavam jogando se eles topariam jogar conosco. Eles toparam: uma senhora oriental, naquele lugar e naquela hora, seria uma diversão.

Jogamos apenas uma partida contra os dois; eles logo desistiram, não acharam mais graça assim que se deram conta de que LeeLee era uma profissional. Eu sabia disso desde Paris. Já tinha passado algumas noites com LeeLee num enorme salão de bilhar num primeiro andar do Boulevard Sébastopol. Às vezes acontecia de ela começar um jogo de sinuca e ir até o fim, encaçapando todas as bolas, sem deixar que o adversário tivesse a chance de usar o taco.

Ela tinha sido, assim me contara, a única mulher que frequentava o terceiro andar do Victoria Hotel de Saigon. Segundo ela, no começo talvez tivesse sido sobretudo porque todos os homens queriam ver o que desse para ver quando ela, com suas microssaias, se debruçava sobre a mesa de bilhar. Mas isso logo mudou: ela se tornou a mascote do Victoria e aperfeiçoou seu jogo com os melhores.

O fato é que LeeLee, no largo da Batata, era uma atração. Ela não jogava comigo, não exatamente: meus erros recorrentes e triviais eram apenas pretextos para que ela pudesse mostrar seu jogo. Três e meia da manhã, um sanduíche de queijo péssimo e compartilhado, coca light para mim, caipirinha para ela, LeeLee e eu jogávamos rodeados de espectadores que de vez em quando exclamavam: "A japa é danada".

A sinuca transformava LeeLee: ela se concentrava totalmente, na hora da tacada e também entre as tacadas. Era outra LeeLee. Calma, ela contemplava a mesa, escolhia as trajetórias, passava giz azul na ponta do taco com movimentos lentos e cuidadosos e, por fim, jogava. Enquanto fazia tudo isso, falava comigo numa mistura de inglês e francês, como se estivéssemos sozinhos.

"Eu te disse que estava numa missão. Estou procurando alguém. Alguém da comunidade."

"Da comunidade vietnamita, em São Paulo?", perguntei, descrente.

"Você tem razão, Carlo, querido, não existe comunidade vietnamita em São Paulo. Aqui nem tem restaurante vietnamita. Ao todo, acho que o Brasil asilou de vinte a trinta vietnamitas do sul depois da guerra. Mas sei que o cara que eu procuro veio para cá, talvez nos anos oitenta ou noventa. É alguém que preciso encontrar."

Eu não disse nada. LeeLee parou entre duas tacadas e olhou para mim, surpresa. Nisso eu tinha mudado desde os anos 1970: agora eu sabia escutar. Ela perguntou: "Você vai me ajudar a encontrá-lo, baby?".

"Claro", respondi, "mas você sabe pelo menos onde ele mora? Isto aqui é grande, maior que Paris."

LeeLee deu outra tacada magistral e reergueu-se: "Não sei onde ele mora, mas sei que ele tem um cinema, um cinema a céu aberto".

"Não sei se existe ou se já existiu um cinema a céu aberto em São Paulo, mas vamos investigar. É uma vantagem; se existir, duvido que haja mais de um. Mas quem é esse cara?"

Em três tacadas perfeitas, LeeLee terminou nosso enésimo jogo e pousou o taco em cima da mesa. Fiz o mesmo e deixei que ela me levasse pela mão até uma mesinha perto da calçada. Já eram quatro horas da manhã, talvez a pior hora do largo da Batata. Ainda eram poucos os ônibus que traziam as pessoas da manhã, e os clientes da noite se pareciam cada vez mais com sombras ou fantasmas lívidos no fim de seu turno de vida.

Pedimos dois cafés duplos, péssimos. Uma menina de catorze ou quinze anos passou na nossa frente, bem devagar, e olhou para nós com uma curiosidade comparável à nossa. Ela foi até uma mesa do Luz de Miami, onde sentou no colo de uma mulher corpulenta, que devia ser a mãe. A menina, uma vez sentada, relaxou numa pose quase fetal, que a fez parecer muito mais jovem do que quando desfilara na nossa frente. Eu disse a LeeLee: "Por um momento, pensei que ela estivesse se vendendo". LeeLee comentou: "Ela pode ser um nenê no colo da mãe e se vender quando anda sozinha pela rua. Qual é o problema? Eu não era muito mais velha que ela quando comecei a sair com rapazes para ajudar a família".

Então LeeLee voltou ao nosso assunto, falando lentamente, destacando cada palavra: "É Trung Vân Lanh. Meus pais contavam com ele para a gente fugir, em setenta e cinco. Saímos de Saigon, meus pais e eu, tentando chegar à ilha de Phu Quoc, onde diziam que já se concentravam muitos refugiados do centro do país. Lanh ia com a gente, mas seria mais correto dizer que ele nos levava consigo, assim como ele levava Dung, a filha dele. Digo que ele nos levava consigo porque ele sabia para onde ir, em quem confiar, quando se esconder. Acho que meu pai deve ter remunerado Lanh com todas as nossas economias, se é que essas economias existiam.

"Mas meus pais nunca chegaram a Phu Quoc. E Lanh ficou só comigo, na fuga, e eu sozinha com ele. Quer dizer, com ele e com a filha dele. Talvez ficar sozinho comigo fosse o que ele queria. Transei para salvar a pele, em Phu Quoc, no barco e no campo de Guam".

O relato estava longe de ser claro, mas deixei LeeLee continuar.

"Procuro Lanh desde que cheguei à França, em setenta e seis", ela retomou, "mas foi só no mês passado que uma pessoa da comunidade me mandou um recado, dizendo que agora ele estava aqui em São Paulo. Meu tio, você se lembra do meu tio, está bem velho e não anda bem de saúde. Ele morreria feliz, em paz com o mundo, se eu pudesse lhe dizer que encontrei Lanh."

Era notável: LeeLee nunca tinha me contado essa história, e, sobretudo, seu relato era mais que fragmentário. "Meus pais nunca chegaram a Phu Quoc", o que significava aquilo? A lacuna ou o eufemismo contrastavam demais com o estilo habitual de LeeLee, direto, explícito. As falhas na narrativa pareciam quase patológicas, e por isso mesmo não pedi detalhes. As razões de um silêncio são sempre mais interessantes do que os próprios fatos silenciados, e não é perguntando sobre esses fatos que temos uma chance de chegar às razões que os precipitaram no esquecimento ou nas brumas. Naquele momento, o amigo e antigo namorado estavam muito a fim de perguntar o quê, quando e como; o terapeuta sabia que era melhor não perguntar nada e ter paciência. O terapeuta ganhou. Mordi a língua e me calei.

Depois de um tempo de silêncio, sondei uma nova direção: "E se você encontrar Lanh, vai fazer o quê?".

LeeLee abriu um sorriso terrível, retomou seu ritmo habitual de fala, que logo se tornou mais rápido, quase ofegante, e disse: "Você sabe que existem vários órgãos que podem ser retirados de um corpo sem que o sujeito morra. Dá para retirá-los, cozinhá-los e ainda comê-los na frente do sujeito, sem que ele morra ou perca a consciência. Eu também poderia guardar umas partes, cozinhá-las em sua própria gordura, sabe, como o fígado gordo de pato ou de ganso, fazer uma conserva e levá-la para o meu tio. Número Um. Esse é o remédio que ele está precisando para viver mais uns anos".

LeeLee não estava brincando. O sorriso em seu rosto produzia uma careta tensa e furiosa. Não me assustei: minha pergunta sobre o que ela faria se encontrasse Lanh tinha mesmo uma intenção diagnóstica. Quase sempre, a conjunção de relatos lacunares ou brumosos com fortíssimas emoções é sinal de uma lembrança intolerável e, por isso mesmo, remanejada. Em geral, funciona assim: uma situação produz em alguém afetos violentíssimos e perigosos, uma névoa caridosa embrulha a memória dos fatos, com isso a violência dos afetos permanece, mas encontra destinos mais aceitáveis, menos desastrosos.

Em suma, na fuga de 1975, algo devia ter acontecido cuja lembrança LeeLee precisara remanejar seriamente. O que sobrava era a ânsia de encontrar Lanh e de esganá-lo, que LeeLee podia atribuir a uma nobre intenção, a de vingar seus pais.

Mais de uma vez, no passado, eu tinha pensado que Lee-Lee, em seus desvios pelas ruelas de Paris, parecia um cachorro policial, farejando cantos e esquinas, na pista de um fugitivo. Talvez fosse isso mesmo: sua agitação e sua curiosidade insaciável podiam ser justamente manifestações da "missão" que a animava desde o sumiço de seus pais: a missão de vingá-los. Mas vingá-los de quê? A traição de Lanh era um pouco vaga.

Enfim, às cinco da manhã deixei LeeLee no Maksoud, e

ela insistiu para que eu ficasse com o carro. De qualquer forma, a gente se veria no dia seguinte, quer dizer, no mesmo dia, para almoçar e para que ela me explicasse melhor as informações que tinha sobre o paradeiro paulistano de Lanh. Veríamos se eu podia lhe dar algumas dicas, talvez recomendar um detetive particular de confiança, por exemplo.

Voltei para casa, mas, antes de dormir, procurei e achei, na quarentena do filtro anti-spam de meu provedor, o e-mail que LeeLee tinha me escrito na semana anterior, num francês misturado com inglês:

Para: Carloantonini@uol.com.br
De: BruceLeeLee@copycat.fr
Assunto: De trás dos escombros, LeeLee: remember?

Carlo, é você? Nada de nostalgia de nossos vinte anos, não se preocupe, não faz meu tipo (nem o seu). Mas esbarrei no seu "Vietnam Reconsidered", e, pelo jeito, você não me esqueceu. Number One. Procurei seu nome no Google e vi que você tem algo a ver com o Brasil, sobretudo São Paulo. Por razões que seria longo explicar aqui, chego a São Paulo na segunda-feira que vem. Você estará na cidade? Não sei qual será meu telefone, mas, se você ler este e-mail, responda ou me procure no Hotel Maksoud Plaza... For old time's sake; preciso das dicas de alguém que conheça São Paulo.

LeeLee

Aparentemente, o apelido tinha colado mesmo. Não sabia quando, mas não menos de vinte anos depois de 1976, na hora de escolher um endereço de e-mail, LeeLee escolhera LeeLee — aliás, BruceLeeLee.

Também fiz uma procura no Google, com meu nome e o título, entre aspas, de minha contribuição ao colóquio "Reconsidering Vietnam", que era, tautologicamente, *Vietnam Reconsidered*. Encontrei de imediato. O texto começava assim:

Para minha geração (que é a mesma de muitos aqui, se não de todos), a guerra do Vietnã foi o grande divisor de águas.

De um lado, havia os neocolonialistas querendo gravar a marca de suas botas na cara do mundo (ou daquela parte do mundo que lhes parecia estrategicamente relevante) e, do outro lado, nós, os defensores, como se dizia, do direito de autodeterminação dos povos.

Autodeterminação dos povos: essa expressão era a nossa esperança e o nosso refúgio. Ao longo dos anos 1960, todos nós, ditos progressistas ou revolucionários, à condição de não sermos surdos nem cegos, tínhamos descoberto e confirmado repetidamente que os países socialistas, nossos supostos "aliados", seriam nossos piores inimigos se, por algum acaso, caíssemos sob sua jurisdição. Dos dois lados que se enfrentavam na Guerra Fria, eles eram os que nos massacrariam com mais afinco, se pudessem.

Em suma, para quem militou, de perto ou de longe, na contracultura, já não era honestamente possível, nos anos 1970, apostar nos companheiros soviéticos, na revolução chinesa ou em qualquer outro maluco embrulhado numa bandeira vermelha.

O Vietcongue e o Vietnã do Norte não foram uma reencarnação dos ídolos de nossos sonhos revolucionários. Talvez a retórica da nossa militância pelo Vietnã fosse parecida com a de sempre, mas, atrás dos apelos à Revolução e ao comunismo, nosso engajamento manifestava uma aspiração mais modesta e, talvez, menos fadada ao fracasso: pedíamos que um povo pudesse fazer livremente sua história, autodeterminar-se. Nada de mais; qualquer democrata concordaria com isso, não é?

Por isso os anos passados desfilando pelas ruas de nossas cidades, mundo afora, com bandeiras do Vietcongue orgulhosamente erguidas.

Nossa agitação política, de repente, ganhava uma nova legitimidade, pois ninguém negaria ao Vietnã o direito de decidir seu destino sem a interferência dos franceses, os antigos "donos" da colônia, e, agora, dos norte-americanos.

Obviamente, para decidir seu destino, o povo do Vietnã devia, antes de mais nada, se reunificar. Só a unidade do povo vietnamita, de norte a sul, conferiria legitimidade à autodeterminação. Em suma, era crucial (para nós) não acreditar que a existência separada do Vietnã do Sul, desde 1954, pudesse corresponder a qualquer vontade dos vietnamitas ou de uma parte deles. Esse Vietnã do Sul (para nós) só podia ser um Estado fantoche, inventado pela França e mantido pelos Estados Unidos, como uma tentativa de camuflar a presença deles na península.

No dia em que os invasores externos fossem derrotados e expulsos, o Vietnã se reunificaria numa grande festa. E, quando isso aconteceu, foi mesmo uma grande festa — para nós.

A queda de Nixon e de Saigon excitaram nossa exuberância; tanto mais que o desfecho nos parecia ser também o resultado de nossos protestos. E talvez fosse mesmo, em parte.

Mil novecentos e setenta e cinco, a data que hoje celebramos e interrogamos, foi, em suma, para quem se considerasse "progressista", uma época de otimismo e de boa consciência. O povo unido (ou seja, os vietnamitas e, claro, nós, ocidentais militantes) não tinha gritado em vão e não tinha sido vencido.

No meu caso, essa boa consciência durou pouco. Em 1976, eu morava em Paris. E foi lá que conheci LeeLee — eu a chamarei assim, pelo apelido que era o dela e que não cabe explicar aqui.

Engraçado, depois de ter militado tanto pelo futuro do Vietnã, foi só em 1976, graças a LeeLee, que aprendi um pouco da história daquele país, porque ela me contou as grandes linhas da vida de sua família — contou a contragosto; em geral, LeeLee evitava qualquer papo que a fizesse parecer uma vítima.

Ela nasceu em 1953, em uma família católica de Phat Diem, no delta do rio Vermelho (ou seja, no que viria a ser, depois da separação do país, o Vietnã do Norte). No ano seguinte, quando os franceses abandonaram a região ao Vietminh e o país se dividiu, começou um grande êxodo: mais de um milhão de vietnamitas fugiram do norte para o sul do país.

Nem todos os vietnamitas estavam sonhando com o triunfo do Vietminh no território nacional. Certo, o Vietminh era o grande movimento independentista, que se opunha à ocupação colonial francesa. Com esse projeto de independência nacional, todos os vietnamitas concordavam; mas o Vietminh não era só isso, era também um movimento comunista, que horrorizava uma parcela relevante da população. Essa parte da história, nós, ocidentais, precisávamos ignorar.

Para nós, a existência das minorias budista e cristã, opostas ao Vietminh e mais tarde ao Vietcongue e ao Vietnã do Norte, era uma invenção da propaganda neocolonialista. Ou, se elas existissem de verdade, deviam ser compostas de indivíduos mal informados ou deformados — de novo, vítimas da mesma propaganda.

Voltando a 1954, quem fugiu do norte para o sul, naquela época? Católicos, intelectuais e proprietários de terra. Proprietários de terra quer dizer o quê? Latifundiários desprezíveis?

Os avós paternos de LeeLee decidiram ficar, talvez por se sentirem velhos demais para a viagem ou talvez na esperança de reencontrar irmãos e irmãs que eles tinham perdido de vista ao longo dos oito anos de guerra entre o Vietminh e os franceses. Ou talvez achassem, ingenuamente, que, com o Vietminh, viria apenas a independência da nação, o que decerto eles desejavam.

Pois bem, por viverem, com dificuldade, dos dois hectares de terra que possuíam e cultivavam, por serem "proprietários de terra" e católicos, foram presos, destinados à reeducação, humilhados e torturados. Junto com a terra, perderam a vida. Os filhos foram mais sábios: fugiram.

O irmão mais velho do pai de LeeLee, que vivia em Bui Chu com a mulher, duas filhas e um genro, conseguiu alcançar, de jangada, os navios estrangeiros que esperavam ao largo. E chegou a Paris em 1955 ou 1956.

O pai de LeeLee, em marchas noturnas forçadas, levou sua família (a mulher e a filha única, ainda um bebê) até Hai Phong, e encontrou um barco que os levou ao sul; estabeleceu-se em Saigon, onde não prosperou, mas conseguiu sobreviver.

Em 1975, quando Saigon caiu e o Vietnã do Sul acabou, os vietnamitas originários do norte que tinham fugido para o sul em 1954 foram os primeiros a entender que não era o caso de apostar na generosidade dos invasores: o Vietcongue e o exército do Vietnã do Norte não seriam diferentes do antigo Vietminh. Era preciso fugir. De novo.

E eles abandonaram tudo de uma hora para outra. LeeLee, então adulta, com pouco mais de vinte anos, fugiu com os pais. Mas só ela conseguiu lugar num barco que, já à deriva, foi encontrado por um navio da Marinha dos Estados Unidos. Esse navio a levou ao campo de Guam e, por fim, ela foi aceita como refugiada pela França, graças à ajuda do tio e dos primos, que já estavam em Paris desde 1955.

Até conhecer LeeLee, eu não sabia nada sobre a perseguição aos católicos, aos pequenos proprietários rurais e aos intelectuais quando o Vietnã do Norte se libertou da ocupação francesa. Não sabia nada sobre o grande êxodo de 1954 nem sobre os horrores da reeducação dos anos 1950, que serviram de ensaio para os horrores dos campos de reeducação depois da vitória do Norte em 1975.

Eu não suspeitava, ou não queria suspeitar, que houvesse vietnamitas que não apoiassem com entusiasmo o Vietminh em 1954 e o Norte e o Vietcongue em 1975.

Se fosse forçado a admitir a existência de dissidentes, eu responderia com cinismo e boa consciência: afinal, depois de tantos anos de ocupação francesa e americana, os que tinham "colaborado" com os invasores talvez precisassem mesmo ser reeducados, para seu próprio bem, para descobrir a "beleza" do socialismo.

Só que dissidentes não eram apenas os "colaboradores" dos franceses e dos americanos. Havia os que desconfiavam do regime de Hanói porque, no passado, entre 1954 e 1955, os comunistas já tinham sido os algozes de suas famílias e de seus vilarejos — e algozes da pior espécie: ao mesmo tempo cruéis e corruptos. E havia todos aqueles que, simplesmente, não queriam que alguém lhes dissesse como viver. Lembravam-se de 1954 como a prova de que, com a vitória do Norte comunista, eles perderiam a liberdade — de culto e de vida.

LeeLee referia-se à sua vida em Saigon antes da queda como uma época feliz. No começo, eu não queria entender: como assim uma época feliz? Eles tinham um restaurante de rua, viviam não na miséria, mas no limite da pobreza. Para complementar a renda familiar e se permitir algumas pequenas extravagâncias, LeeLee se prostituía com soldados americanos. Essas palavras, parecidas com as que um reeducador vietnamita do norte teria usado, expressam um julgamento moral com o qual, até conhecer LeeLee, eu teria concordado e que, hoje, me repugna e me indigna. Na verdade, para LeeLee, eram histórias de amor, que duravam poucos dias; os "namorados" visitavam a família, faziam suas refeições no restaurante e podiam até dormir em casa, com LeeLee, na cama dela, que era separada das outras apenas por uma cortina. E todos deixavam "presentes", ajudavam na subsistência da família. Nada era realmente cobrado; o pedido era implícito, e o presente, espontâneo. LeeLee não era ingênua, mas gostava de cada um deles. Era generosa, e eles eram generosos. Eles matavam a saudade da esposa ou da namorada, e ela, LeeLee, também se divertia. "What's wrong with that?", ela me perguntou uma vez, depois de uma pequena incursão em sua memória. E, sem grande esforço, respondi que não havia mesmo nada de errado.

Às vezes, um "namorado" voltava depois de uma temporada no front, e descobria que tinha sido substituído; não havia nenhum problema, ele era acolhido pela família como um velho amigo e continuava frequentando a casa.

Essa liberdade de dispor de si, essa coragem de tocar a vida foram as razões pelas quais me apaixonei por LeeLee.

E ela foi a boat person, *a refugiada à deriva no mar da China que me ensinou a navegar de um jeito mais correto na hora de pensar sobre o bem comum e o bem dos outros.*

Graças a ela, aquela pretensão de que estávamos lutando pela autodeterminação do povo vietnamita esbarrou nesta pergunta: os vietnamitas do sul, os católicos, os budistas e, por que não, as putas de Saigon não faziam parte do povo vietnamita? Como foi possível que, durante anos, nós militássemos contra o direito à autodeterminação de tamanha parte da população do Vietnã?

Depois dessa introdução ao mesmo tempo solene e íntima, o texto se tornava acadêmico, com citações e tudo o que é esperado.

Meia hora mais tarde, eu estava dormindo.

15 de julho, meio-dia
São Paulo

Acordei depois do meio-dia. Peguei o jornal na porta do apartamento, fiz um café robusto e liguei para LeeLee. Ela estava a fim de comer massa, almoçaríamos no Tatini, o restaurante que fica no térreo de meu prédio. Só me sobrava uma hora. Fiquei um bom tempo embaixo do chuveiro, tentando espantar o cansaço.

Antes de descer, telefonei para Woody Luz. Seria um gesto de cortesia, pensei, visto o bilhete que ela tinha me deixado na noite anterior, na palestra no Masp. De qualquer forma, também pensei, seria um telefonema sem risco: a julgar por suas palavras, Woody estava bem e tinha recuperado seu bom humor um pouco sarcástico. Nada parecido com a última sessão em Nova York — enfim, com as duas últimas sessões.

O telefone tocou longamente, até a chamada ser interrompida sem cair numa caixa postal. Liguei de novo e, dessa vez, esbarrei imediatamente na mensagem da operadora avisando que o assinante está fora da área de cobertura.

Tudo bem, eu tentaria mais tarde.

Os garçons do Tatini me reconheceram e, entre sorrisos de boas-vindas e apertos de mão, me ofereceram uma mesa perto da janela. Sentei de maneira a observar a entrada, e LeeLee logo apareceu. Ela não usava bolsa, calçava tênis e vestia um jeans apertadíssimo, provavelmente stretch, com uma camisa do mesmo tecido, desbotada e aberta sobre uma camiseta branca. Sentou-se na minha frente, mal me dando tempo para levantar e trocar um beijo.

Fabrizio Tatini veio me cumprimentar; éramos amigos e não nos víamos havia tempos. Mas LeeLee começou a falar em voz baixa, em francês, e ele se manteve a distância, perguntando-me apenas, com um gesto, se estava tudo bem.

Enquanto eu beliscava o couvert, LeeLee me contou que tinha procurado por Lanh pelo mundo afora, desde que ela chegara à Europa. Soube então que a famigerada viagem a Bruxelas, responsável por nossa separação, tinha sido a primeira de muitas que LeeLee faria atrás de pistas que pudessem levá-la a Lanh, de quem ela tinha conseguido escapar em Guam e que, hoje, deveria ter mais de sessenta anos, enquanto Dung, a filha, teria mais ou menos quarenta.

Talvez LeeLee quisesse se vingar por Lanh ter traído seus pais durante a fuga de Saigon. Será que ele havia entregado os dois aos vietnamitas do Norte? E tudo isso só para poder transar à vontade com LeeLee? Era o protótipo de uma história mal contada. Justamente por isso, de novo, não perguntei nada, e LeeLee continuou.

Ela tinha transmitido seu pedido de informações para todos os foragidos vietnamitas que conseguira alcançar.

No fim dos anos 1970 e durante os 1980, ela montara uma lista completa dos lugares, na Europa e na América, onde havia uma comunidade, grande ou pequena, de exilados vietnamitas. Em cada um desses lugares, ela tinha conseguido um contato, às vezes um parente distante ou o amigo de um parente, outras vezes alguém influente na comunidade, a quem ela era apresentada ou se apresentava diretamente, sem intermediário que a recomendasse. Por carta e por telefone, ela tinha conquistado a simpatia de seus correspondentes. Vez ou outra, tinha mandado dinheiro, bastante dinheiro, para ajudar seus interlocutores a levar seu pedido a sério. Em vários casos, também havia contratado detetives locais, vietnamitas ou não.

Nada.

Para aliviar a conversa e satisfazer uma curiosidade, perguntei: "E os recursos para essas operações? Como você conseguiu? Você já me disse que não foi casamento, nem viuvez com herança generosa. Então?".

LeeLee riu: "Babe, acho que você gostava de ser o amante da garçonete, hein? Você nunca entendeu. Tudo que meu tio tinha conseguido, desde 1954, era dele e de meu pai. Quando cheguei a Paris em 1976 já era sócia do meu tio, metade-metade. Continuamos sócios, e comigo os negócios só aceleraram. Hoje são sete restaurantes".

LeeLee continuou o relato interrompido. Ela havia consultado as organizações internacionais que se ocuparam de encontrar destinos para os exilados. Sem resultado.

Nos anos 1990, a chegada da internet não mudara grande coisa — a não ser pelo fato de que LeeLee tinha passado horas a cada noite procurando algum vestígio de Lanh. Não tinha dia que ela não procurasse o nome dele e algumas de suas possíveis variações gráficas no Google. O resultado continuava nulo.

LeeLee tinha resistido bravamente à tentação de tornar pública sua procura, por exemplo, postando pedidos de informação nos sites da diáspora vietnamita. Ela achava que, se Lanh soubesse que ela o procurava por montes e vales, ele se esconderia ainda mais, poderia mudar de nome e de cidade, ou até submeter-se a uma plástica.

Em suma: nada, nunca, nenhum resultado, nenhuma pista concreta, até duas semanas antes, quando alguém da Costa Oeste dos Estados Unidos, um conhecido de um amigo de Detroit com quem ela já tinha se correspondido anos antes, mandou um e-mail dizendo ter um suspeito em vista e pedindo que ela repetisse tudo o que sabia sobre Lanh, tudo que pudesse confirmar que o suspeito fosse ele. Numa rápida troca de e-mails, chegaram à conclusão de que tudo coincidia, as datas de saída do Vietnã e de chegada a Guam, a idade aproximada dele e da filha que o acompanhava e que era, afinal, toda a família dele. E as cicatrizes.

"Como assim?", perguntei, "que cicatrizes?"

LeeLee pareceu incomodada: "Lanh tinha dez anos em cinquenta e quatro. Ele era católico, como a gente, e vivia em Phu Quoc. Os pais dele decidiram não fugir; ficaram, exatamente como meus avós. E, também como meus avós, foram trucidados. Lanh recebeu o tratamento-padrão para meninos coroinhas. Enfiaram pauzinhos nos ouvidos dele, até estourar os tímpanos, para que ele parasse de escutar os padres, e colocaram em sua cabeça, à força, bem fundo, uma coroa de espinhos, com a qual ele teve que ficar dias, até que infeccionasse. Vinte anos depois, ele carregava essas cicatrizes na testa com certo orgulho. Segundo o amigo da Costa Oeste, ele ainda as carrega".

O informante não quisera dizer como chegara ao paradeiro de Lanh. A comunidade tinha uma espécie de sistema alternativo de fofoca e informação que podia ser lento, mas raramente falhava — era o telefone sem fio inexorável de uma população de vítimas dispersas, lutando, de maneira diferente em cada lugar, com as dificuldades do cotidiano, mas decididas a não esquecer.

"Quer dizer que ele não mudou de nome?", perguntei.

"Não sabemos. Quem me informou não disse. Talvez tenha mudado um pouco, como acontecia às vezes nos documentos dos imigrantes, mas a chance é pequena: quase todo o mundo sabe ler e escrever, e o vietnamita é a única língua oriental que usa o mesmo alfabeto do inglês, do francês e do português. Agora, uma vez em Guam e sem documentos, seria fácil, se alguém quisesse, inventar uma nova identidade ou se fazer passar por outra pessoa. Seria fácil ter sido um carrasco e se fazer passar por vítima — mudando de nome ou não. Você sabe, graças a esse truque, houve nazistas que fugiram da Europa, depois da Segunda Guerra, e pediram ajuda a organizações internacionais como se fossem vítimas do nazismo. O pessoal chegava aos campos de triagem e contava uma história triste; histórias tristes eles conheciam muito bem, eles mesmos tinham sido responsáveis por milhões de histórias tristes.

"Mas não foi isso que aconteceu com Lanh. Nada disso. Ele não precisava se fazer passar por outra pessoa. Ao contrário, uma vez em Guam, ele nem ficou no campo como todo mundo. Ele foi direto para as barracas dos militares americanos. E, em uma semana, estava pronto para sair de lá para os Estados Unidos."

"Então ele foi, e você ficou", concluí.

"Eu me escondi", respondeu LeeLee. E se calou.

Mais uma vez achei sintético demais, mas não insisti. Fiquei com a mesma sensação de quando LeeLee me contara, de maneira também sintética e brumosa, sua fuga de Saigon com os pais e Lanh: a história era mal contada, mas era a que ela podia contar. Voltei ao objeto de nosso almoço: "Resumindo, o homem que procuramos pode se chamar ou não Lanh, mas ele tem a idade de Lanh e uma filha da idade da filha de Lanh, é isso?".

"É isso, e ele também tem as cicatrizes de Lanh", acrescentou LeeLee. "Essa seria a prova decisiva."

"E onde ele estaria?", perguntei.

LeeLee enfiou a mão no bolso traseiro da calça e pescou uma folha de papel dobrada em quatro, que me ofereceu dizendo: "Parece que ele vive aqui".

Abri a folha. Eram duas folhas, na verdade: uma troca de e--mails, em inglês. A última mensagem do correspondente dizia:

Sei que não é muito, mas é tudo que tenho. Melhor que nada, não é? Faz dez ou quinze anos que ele vive em São Paulo, no Brasil, e cuida de um drive-in.

Na verdade, o inglês, "he runs a drive-in" podia significar que ele era dono ou gerente de um drive-in.

Depois disso, vinha uma pergunta sobre quando ele receberia a recompensa e a resposta de LeeLee dizendo que faria a transferência depois de viajar ao Brasil e conferir se a informação a colocava mesmo no rasto de Lanh. LeeLee não tinha me dito que instituíra uma recompensa para quem fornecesse informações que a levassem até Lanh.

"É tudo?", perguntei.

"Sim", respondeu LeeLee.

"Vamos com calma", eu disse, olhando para o e-mail. "O negócio do cinema não está no texto, foi você que inventou?"

"E daí? Drive-in é cinema drive-in, o que mais seria?"

Meu celular tocou. Era um número que meu aparelho não reconhecia, e alguém perguntou: "Quem fala?". Detesto quando me ligam para me perguntar quem fala, mas respondi sem me irritar.

"Oi, doutor, vi que você me ligou, só não sabia que era você, desculpe. Por que não deixou um recado?" Era Woody Luz.

"A caixa postal não funcionou. Tudo bem, Woody?"

"Tudo, gostei da sua palestra."

Expliquei a Woody que estava no meio de um almoço e prometi que ligaria mais tarde.

Desliguei o celular, para não ser mais interrompido, e voltei à conversa com LeeLee. Disse que talvez tivesse havido cinemas drive-in em São Paulo, mas no passado. Em compensação, atualmente, drive-ins, na cidade, havia muitos. E expliquei:

"Aqui, drive-in é um lugar onde você entra de carro e se fecha num boxe, uma espécie de cubículo, para transar, de maneira a poder estar seguro no seu carro, em vez de ficar fazendo a mesma coisa numa rua escura, onde pode ser facilmente assaltado. Além disso, eles se aprimoraram, hoje alguns têm até um quartinho anexo, com banheiro, cama redonda e televisão com circuito interno pornô. São quase motéis, mas bem mais baratos e com a grande vantagem de que, ao contrário do que acontece nos motéis, ninguém pede documento de identidade na entrada."

Minha descrição não ficou clara de imediato. Para começar, LeeLee não entendia o que era um motel. Na Europa e nos Estados Unidos, motel é um hotel de estrada, só para dormir e partir depois de algumas horas ou na manhã seguinte. Você chega de carro até o seu quarto, estaciona bem na frente e nem precisa tirar a bagagem do porta-malas. Nos Estados Unidos, como é muito mais barato do que um hotel, o motel acaba sendo também um lugar de residência temporária para pessoas de baixa renda.

Expliquei a LeeLee que no Brasil os motéis eram lugares de encontro sexual, encontros entre amantes, de prostitutas e michês com seus ou suas clientes, e também lugares para casais em busca de um clima diferente, novo, mais sexy. Podiam servir também para surubas, festinhas etc. Tentei explicar um pouco como funcionam os motéis, as diferentes tarifas para três horas, pernoite etc., as ofertas especiais de "almoço executivo", jantar, café da manhã e brunch, e, por fim, descrevi a variedade dos quartos, dos mais ordinários aos mais exóticos (com piscinas, tetos solares elétricos, camas com baldaquins, cadeiras eróticas, decoração gótica sadomasoquista etc.), que só existem mesmo nos motéis mais luxuosos.

LeeLee se mostrava extremamente interessada: "Então me explica de novo o que é um drive-in, por que ele é diferente de um motel". Minha nova explicação despertou a mulher de negócios em LeeLee:

"Eu preciso ver isso. Preciso ver motéis e drive-ins. Já pensou? Como é que ninguém abriu algo parecido na França? Seria genial."

"Tudo bem, visitá-los é fácil, e há muitos em São Paulo; talvez seja possível listar os motéis, passando pelos sites e pelos guias da vida sexual na cidade. Mas os drive-ins são lugares humildes, sem site na internet, baratos, e em geral não figuram na lista das atrações da noite paulistana. Claro que vou te levar para ver o que são. Mas duvido que a gente encontre justamente aquele drive-in que nos interessa."

"Vamos hoje à noite?", perguntou, ou melhor, pediu LeeLee.

"Aonde?"

"Nos drive-ins."

Ali estava eu, sendo convidado para ir a um drive-in, qualquer um ou mais de um, por um amor de vinte e sete anos atrás, reencontrado na noite anterior. Tudo bem.

Mas eu precisava dormir e dar uns telefonemas. Nos despedimos e combinamos que nos falaríamos no fim da tarde. Trocamos os números de nossos pré-pagos. LeeLee foi embora com seu carro; não era difícil, da rua Batataes, voltar para o Maksoud — bastava seguir pela alameda Campinas. Talvez ela também precisasse dormir de vez em quando.

Subi para o meu apartamento e liguei para Pedro. Não entrei em detalhes, só disse que precisava ajudar uma amiga a encontrar uma pessoa perdida na natureza há mais de vinte e cinco anos e que talvez Francisco D. pudesse me ajudar — no mínimo, ele poderia indicar à minha amiga um detetive de confiança. Francisco era o chefe de segurança da empresa de Pedro; ele tinha contatos e amigos nas polícias da cidade e do país, e eu confiava nele. Pedro me passou o celular de Francisco, com quem marquei um encontro às oito da noite no Viena, na esquina da alameda Santos com a rua Augusta.

15 de julho, tarde
São Paulo

Esperava dormir um pouco para recuperar as forças depois da longa noite no largo da Batata. Mas, antes disso, precisava telefonar para Woody Luz.

O telefone tocou quatro ou cinco vezes sem resposta. Bem na hora em que eu ia desistir com a consciência tranquila, Woody atendeu, soluçando.

"Senhora Luz? Woody Luz? Tudo bem? É Carlo Antonini."

"Doutor Antonini, ainda bem, acabaram de me ligar, eles acabaram de me ligar, agora, eles me ligaram", estava chorando e soluçando, mas, de certa forma, eu preferia aquela explosão de afeto à frieza sorridente que me apavorara no nosso último encontro em Nova York.

"Woody", chamei-a pelo nome, como se uma certa intimidade amistosa pudesse consolá-la um pouco, embora não soubesse de quê. "Quem ligou, Woody? O que aconteceu?"

"Doutor Antonini, eles mataram ele." E aqui o choro a impediu de continuar.

Imaginei que tivesse acontecido alguma coisa com o filho dela, sei lá, um acidente no acampamento, em Vermont. Mas Woody completou: "Eles mataram Khaloufi, doutor, eles o mataram como se mata um bicho", e, de novo, o choro a impediu de falar.

Fiquei parado, em silêncio. Woody tinha conseguido me convencer a começar sua terapia logo antes das férias; só faltava agora me convencer a continuar durante as férias. O que era aquilo? Mais uma farsa, como a festa vermelha e branca? Bem, na verdade, eu não sabia se a festa vermelha e branca era uma farsa; só sabia que não acontecera até então e que não tinha como ter acontecido naquele sábado em que eu conversara com a sra. Gonzales.

Também pensei que, se Khaloufi estivesse mesmo morto, para Woody isso seria uma solução. Ninguém mais com quem discutir sobre como criar os filhos. Mas, por isso mesmo, era melhor levar a sério a dor de Woody: quando morre alguém que queremos ver morto, a culpa, a sensação de sermos responsáveis por aquela morte desejada, morde muito forte.

"Woody? Está me ouvindo?"

"Sim."

"O que aconteceu? Quem ligou? Me conte devagar, só os fatos. Você consegue?"

"Sim", ela respondeu e, embora ainda chorosa, falou com clareza: "Alguém da polícia de Nova York ligou agora. Eles mataram Khaloufi."

"Quem matou Khaloufi, Woody?"

Era uma pergunta descabida. A terceira pessoa do plural é uma marca registrada do pensamento delirante; aquele "eles mataram Khaloufi" já manifestava que Woody estava a um passo de deslizar numa exaltação paranoica. Mas não consegui me conter. Talvez a polícia já conhecesse os culpados ou suspeitos.

90

A resposta dela confirmou meu receio: "Eu sei, doutor Antonini, foram eles".

Tentei mudar de assunto: "As crianças já estão sabendo?".

Aqui Woody pareceu se acalmar: "As crianças ainda não sabem, volto para lá hoje à noite e amanhã vou buscá-las em Vermont. Pedi que ninguém fosse lá e falasse com elas antes de mim. Eles queriam, claro que eles queriam".

"Eles quem? Os policiais?"

"Não, doutor Antonini, você não está entendendo, eles, os que mataram Khaloufi, agora eles vão querer as crianças. Estou com medo, muito medo."

Minha soneca já era. Woody estava na casa da mãe, na zona leste, segundo ela tinha me dito, e me dispus a ir para lá imediatamente. Ela me deu o endereço e as instruções necessárias; por sorte, não era complicado nem muito longe, Vila Carrão. Queria vê-la para entender melhor e quem sabe ajudá-la. E ela dispunha de um pouco de tempo antes de seguir para o aeroporto.

Liguei para Pedro, que me ofereceu seu carro e se prontificou a me acompanhar. Mas achei melhor ir sozinho. Peguei um táxi até a garagem do Conjunto Nacional e, com o carro de Pedro, fui pela Paulista até a Vinte e Três de Maio e a Radial Leste. No momento de cruzar a passarela do metrô Carrão, entrei na pista local, onde passam os ônibus, e estacionei no fim dela, na esquina da rua Sebastiana Silva Minhoto. O bar da mãe de Woody estava lá, e Woody também estava lá, nos fundos, imóvel, os olhos secos e vidrados, diante de um café frio.

Foi a mãe que saiu de trás do balcão e se apresentou: "Rosa, Rosa Luz". Era uma mulher alta, com o físico de uma triatleta e dentes branquíssimos, que brilhavam num rosto bronzeado e enrugado mais pelo sol do que pela idade. Ela apertou minha mão com um sorriso triste e disse: "Estou preocupada com Woody; é bom que você esteja aqui".

Sentei-me diante de Woody, depois de ter passado o braço pelo ombro dela numa espécie de abraço de urso, para lhe dar força. A mãe me trouxe um café.

"Woody? Pode falar comigo?"

"Sim, doutor, posso."

"O que aconteceu?"

"Mataram Khaloufi, na minha casa, ontem. Rita achou ele morto hoje."

"Quem é Rita?"

"Rita, a Rita, que ia fazer a faxina e ajudá-lo a preparar as malas. Ele ia viajar de novo, vinha para cá, e ela fecharia a casa."

Bom, Rita chamara a emergência. Os policiais, aparentemente, tinham encontrado o telefone paulistano de Woody na lista dos números de emergência que estava na porta da geladeira, colada com um ímã — o preferido de Fátima desde pequena, um pato Donald comprado na Disney, em Orlando. Achei bom que ela se apegasse a detalhes concretos. Por sorte, os policiais não tinham ligado para o acampamento das crianças. Ou melhor, tinham ligado para o número, que estava na mesma lista de emergência, ao lado dos nomes de Fátima e Ismael, mas, ao constatar que era um acampamento de jovens, tinham desistido e procurado falar primeiro com ela, a mãe, no Brasil.

Os policiais também já tinham falado com os primos de Khaloufi em Newark, New Jersey. "Os primos já devem estar contratando uma casa funerária muçulmana", imaginou Woody. "Se é que já não a contrataram antes de os policiais telefonarem: afinal, os assassinos sempre sabem antes da polícia, não é?"

A pergunta não pedia resposta, nem mesmo minha cumplicidade. Era como se, para Woody, todo mundo já compartilhasse sua convicção com certeza absoluta. Talvez por isso seu discurso pulasse de um tópico a outro: as conexões não precisavam ser ditas porque eram óbvias demais. Ela já estava me explicando que, de qualquer forma, não havia como liberar o corpo rapidamente, como exigia a religião, pois não haveria como evitar uma autópsia. O problema, o único problema era que "eles" estavam lá, a quatro horas de carro de Vermont e das crianças. A esperança de Woody era de que "eles" não descobrissem em qual acampamento as crianças estavam passando o verão. "Meu Deus, meu Deus, faça que eles não descubram", ela disse.

O bar estava cheio de clientes. Havia um garçom que servia as mesas e outro atrás do balcão, ajudado pela mãe de Woody, que não parava de olhar para nós, meio furtivamente.

Tentei voltar a questões mais concretas: "Quando foi?", perguntei. Khaloufi estava morto desde a tarde de segunda-feira, com um tiro ou mais, ela não sabia direito. O detetive não entrara em detalhes, não dissera exatamente com quantos tiros "eles" o haviam matado.

Não consegui evitar uma expressão de perplexidade. Foi o suficiente para que Woody explicasse, com um tom de impaciência: "Eles, os caras de Newark".

"Como assim, os caras de Newark?"

"Sim, o grupo de reza, os malucos que ele frequentava, junto com os primos dele", respondeu Woody no tom de um adulto impaciente explicando a uma criança que a terra é redonda. "Eles estavam sempre armando coisas esquisitas. E Khaloufi não era assim, não queria problemas. Eram eles que punham na cabeça de Khaloufi aquelas ideias de que as crianças deviam ter uma educação religiosa. E agora eles vão querer pegar as crianças. Doutor Antonini, me ajude, eles não podem pegar as crianças. Meu Deus, preciso chegar lá antes que eles peguem as crianças. Eles vão pegar as crianças, levá-las para o Líbano e nunca mais vou vê-las." Woody voltou a chorar.

"Woody, você disse aos policiais que vai chegar amanhã e que você é a mãe das crianças? Com quem você falou? Era um detetive? Como se chama o detetive? Você anotou o nome dele?"

"Palmer, ele se chama Charles Palmer, sim, eu anotei e disse que não era para deixar ninguém contatar as crianças antes que eu chegasse. Ele concordou, e vai me esperar no aeroporto. Mas estou com medo, doutor, estou com muito medo."

"Woody, ninguém vai pegar seus filhos."

"Não deixe, doutor Antonini, não deixe, não deixe eles pegarem as crianças."

"Ninguém vai deixar, Woody. A polícia não vai deixar. Não se atormente assim. Woody, escute o que vou lhe dizer."

"Sim."

O que eu ia fazer talvez fosse um pouco aventuroso, mas um de meus supervisores sempre afirmava que a gente deve saber praticar psicoterapia de urgência. Ele dizia: "Sabe quando alguém passa mal e perguntam pelos alto-falantes se há um médico no avião ou na sala? Pois é, se uma pessoa está tendo um ataque agudo de angústia (na época ninguém falava em pânico) num avião, você, ao escutar o apelo da tripulação, levantaria? E saberia encontrar as palavras para acalmar o indivíduo, não no seu consultório, não ao longo de seis meses de sessões semanais, mas ali, na hora? Você saberia ou seria mais um inútil?".

Bom, tentei algo nessa linha, ajudado pelo fato de que, bem ou mal, eu já conhecia um pouco a história de Woody, e ela já tinha alguma confiança em mim.

"Woody", eu disse, "isso pode lhe parecer bizarro, mas me escute: acho que você está sofrendo muito porque, de fato, você se importa pouco com a morte do seu marido. Talvez, algum dia, você tenha até desejado que ele morresse. Sabe, quando a gente deseja uma coisa, sobretudo se for uma coisa errada, uma coisa que a gente não faria, uma coisa que só de pensar já nos dá vergonha, aí, quando essa coisa acontece, a gente se sente culpado, mesmo que o acontecimento não tenha nada a ver com a nossa vontade e com as nossas ações. A gente não fez nada, não tem culpa nenhuma, mas se sente culpado como se a coisa tivesse acontecido por causa do pensamento que tivemos. Está me entendendo, Woody?"

"Sim, entendo", respondeu Woody. "Entendo muito bem. Mas estou com medo pelas crianças."

"Woody, imaginar que você possa perder as crianças é um bom jeito de você se punir por ter desejado a morte de Khaloufi. Pode ter passado pela sua cabeça que, afinal, com ele morto, as crianças seriam só suas. Esse pensamento pode ter sido agradável, e agora você quer se punir justamente com a ideia de que 'eles' vão pegar suas crianças. Você imagina que 'eles' vão pegar as crianças porque você quis que elas fossem só suas e por isso desejou a morte de seu marido."

"Pode ser, doutor. Devo mesmo ter pensado, alguma vez, que seria bom se Khaloufi sumisse da face da terra. Só que tem um problema: eu continuava gostando dele."

"Não duvido disso, Woody. É verdade que você gostava dele." Claro, ela podia não só gostar dele, mas amá-lo de paixão e, ao mesmo tempo, desejar que ele morresse — não seria uma contradição inusitada.

Woody já estava mais calma. Perguntei: "A que horas você vai sair para o aeroporto?".

"Daqui a uma meia hora, acho que Tônio vem me pegar. É o marido da minha mãe, ele vai me levar", respondeu Woody consultando o relógio que estava na parede, atrás do balcão.

"Sua mala está pronta? E os documentos?" Woody fez que sim. Continuei: "Ninguém pode ir com você até Nova York?".

"Não tem lugar, doutor. A polícia exigiu que a American Airlines me arranjasse um lugar no voo. Porque, a princípio, não havia nenhum. Liguei para o celular de Palmer, e ele conseguiu. Ele estará no aeroporto, antes da fila da alfândega. Mas estou bem, doutor, vou me virar, só quero pegar as crianças."

"Então você vai direto para Vermont?"

"Sim, acho que Palmer vai me levar, direto do aeroporto, são quatro ou cinco horas de carro."

"Sei", eu disse. "Woody, você tem o número de meu celular de São Paulo. Quero que você me ligue amanhã à noite, quando já estiver com as crianças. Quero saber se está tudo bem, o.k.?"

Woody preferia ter meu número por escrito, não só gravado no seu celular brasileiro. Ditei, e ela anotou o número num guardanapo que guardou cuidadosamente na bolsa. "Sim, doutor, ligo sim. Que droga; eu queria conversar sobre sua palestra de ontem, e agora parece que foi uma semana atrás. Olhe só que absurdo." Pela primeira vez, arriscou um sorriso. Eu também sorri.

Esperei com Woody até a chegada de um Astra, que estacionou em fila dupla, bem em frente ao bar. A mãe de Woody pegou uma mala de rodinhas atrás do balcão e a colocou no porta-malas do carro. Em seguida, ela veio até a mesa e disse: "Está na hora". Fui com Woody na direção do carro, repetindo: "Por favor, não deixe de me manter informado sobre você e as crianças, o.k.?". Woody disse que ligaria, sim, certo. Na soleira da porta do bar, ela parou, beijou a mãe, que, visivelmente preocupada, não disse nada. Por fim, ela me deu um abraço forte, um abraço de homem, de amigo para amigo.

Fiquei ao lado da mãe e de alguns clientes, olhando para o carro que se afastava na direção da Radial, e disse a mim mesmo, em voz alta: "Não estou gostando nada disso".

Rosa, a mãe de Woody, comentou: "Não sei o que pensar. Nunca entendi bem o que Woody via nele. Verdade que ele me deu dois netos maravilhosos".

Para ajudá-la a continuar, perguntei: "Você não gostava dele?".

"Nunca gostei muito de Khaloufi", ela continuou. "Mas é assim mesmo: às vezes, a gente se apaixona por homens totalmente inesperados. Honestamente, quando Woody recebeu o telefonema da polícia de Nova York, meu primeiro pensamento foi 'que bom, agora Woody e eu não vamos ter que disputar as crianças com ninguém'. Mas foi só um momento. Acho péssimo elas ficarem sem pai."

Tentei pagar meu café, mas a mãe de Woody não deixou. Ao contrário, me ofereceu outro, caprichado e ótimo, e sentou-se comigo.

Conversamos por meia hora. Aparentemente, as divergências entre Woody e Khaloufi sobre a educação das crianças eram antigas e mais profundas do que eu tinha imaginado. Já houvera, dos dois lados, não só ameaças, mas planos explícitos de raptar as crianças, de levá-las para longe — ele para o Líbano, ela, para São Paulo — e nunca mais voltar. Mas entre marido e mulher não havia só ódio. Longe disso. Eles continuavam se gostando, admitiu Rosa.

Perguntei a Rosa se ela compartilhava das suspeitas de Woody.

"Que suspeitas?", ela perguntou.

"A ideia de que amigos e parentes de Khaloufi teriam algo a ver com a morte dele", tive que explicitar.

"É que Woody sempre achou que eles afastavam Khaloufi dela e das crianças", disse Rosa. "Para Woody, eles eram culpados — culpados de tudo que não dava certo no casamento e na família dela."

"Mas você acha que eles podem estar envolvidos na morte de Khaloufi?", perguntei, surpreendendo-me um pouco com minha própria pergunta: o que eu estava querendo? Investigar a morte de Khaloufi?

"Não faço ideia", respondeu Rosa. "Woody acha que Khaloufi estava envolvido em atividades subversivas. Mas daí a imaginar que ele teria sido eliminado por conta disso, e por seus próprios cúmplices... Não sei, dá uma história e tanto. E não deve acontecer só nos romances. Seja como for", concluiu, "agora está feito. Com a morte de Khaloufi, Woody vai educar as crianças do jeito que ela quer".

Reparei, mas não comentei a expressão "atividades subversivas", que parecia linguagem policial americana. Rosa acrescentou que iria aos Estados Unidos na noite seguinte, já tinha feito a reserva, ajudaria com as crianças, para que não ficassem sozinhas enquanto Woody cuidava do enterro e da papelada.

Aproveitei para reiterar minha vontade de receber notícias. Ela me perguntou, séria: "Você é só terapeuta ou é amigo de Woody?".

Pensei um momento e respondi: "Bom, ela é minha paciente. Sou certamente amigo de tudo que possa fazer com que ela se sinta melhor".

De novo, Rosa me agradeceu por ter vindo, e nos despedimos com um longo aperto de mão.

15 de julho, noite
São Paulo

Na volta da zona leste, o trânsito estava péssimo e, quando cheguei ao Conjunto Nacional, na Paulista, já eram seis horas. Deixei o carro na garagem e liguei para o escritório de Pedro; ele ainda estava lá, e subi até a sua sala. Café, eu não aguentava mais; tomamos uma dose pequena mas eficaz de Laphroaig. Resumi o acontecido: o marido de uma paciente minha de Nova York foi assassinado enquanto ela estava aqui em São Paulo — em suma, uma merda. Eu também tinha reencontrado uma vietnamita refugiada da queda de Saigon em 1975, por quem eu tinha me apaixonado em 1976, na França, e que não via desde então. Esse antigo amor estava procurando alguém em São Paulo, provavelmente para cumprir uma vingança fria, um prato de quase trinta anos antes.

"Caramba", comentou Pedro, "tudo isso desde domingo? E eu que estava com medo que você se entediasse. Queria te apresentar umas amigas."

"Pois é, meu velho", respondi, "no momento, essas duas mulheres são minha ocupação e minha preocupação em tempo integral."

Conversamos um pouco sobre as minhas férias e os meus planos de viajar pelo norte e nordeste do Brasil. Ele mesmo, nas próximas semanas, passaria por Fortaleza, Recife e Salvador; talvez a gente pudesse se cruzar. Nunca gostei de passar férias num só lugar; ainda mais estando sozinho e a fim de me esquecer de um casamento moribundo. Preferia viajar, mas, para dizer a verdade, dessa vez o começo das minhas férias já estava sendo animado demais.

Às oito da noite, como previsto, fui ao Viena encontrar Francisco, o chefe de segurança da empresa de Pedro. Antes de entrar no restaurante, parei para respirar fundo e me concentrar novamente na história de Lanh e LeeLee, esquecendo um pouco a imagem, que não me deixava, de Woody no avião que a levava a Nova York.

Pedimos logo dois grelhados, e expliquei a Francisco por que eu precisava da ajuda dele. Comecei expondo as dúvidas de LeeLee sobre as possíveis mudanças de grafia do nome de Lanh e também sobre a época da chegada dele ao Brasil — ele não estava entre os poucos refugiados do fim dos anos 1970; devia ter vindo mais tarde, quem sabe recentemente. Contei que Lanh tinha saído do Vietnã com uma filha que, na época, em 1975, tinha entre oito e dez anos e que ele seria, hoje, dono ou gerente de um drive-in em São Paulo. Insisti no fato de que, às vezes, as administrações ocidentais confundem nome e sobrenome vietnamitas, porque no Vietnã o sobrenome vem primeiro e o nome por último, e as pessoas são conhecidas pelo nome, não pelo sobrenome. Em suma, tudo era possível: no Brasil, Lanh podia ser o seu Lanh, ou o seu Trung ou o seu Vân Lanh. Acrescentei que eu não sabia se Lanh estava no Brasil legalmente ou não. Disse também, sem mais detalhes, que a gente talvez dispusesse de critérios físicos que nos permitiriam confirmar sua identidade, mesmo que os anos tivessem mudado sua aparência.

Em suma, transmiti a Francisco todas as informações de que eu dispunha, exceto a razão pela qual LeeLee estava atrás de Lanh. Achei que, quanto menos Francisco soubesse das intenções vingativas de LeeLee, menos cúmplice ele seria de qualquer besteira que LeeLee pudesse cometer um dia, caso ela encontrasse Lanh. Francisco não deve ter pensado diferente, pois ouviu minhas informações, mas não perguntou por que minha amiga se interessava tanto em encontrar o sr. Lanh.

Francisco começou a listar os estatutos possíveis de um estrangeiro no Brasil. Se estivesse legalmente no país, Lanh podia ser um asilado, um refugiado ou ter se tornado residente por outros caminhos. Talvez tivesse imigrado trazendo dinheiro e criando uma empresa (o tal drive-in, por exemplo). Talvez tivesse se casado com uma brasileira. Há várias maneiras de ganhar uma "modelo 19".

Ele estava começando a enumerar os caminhos que ele poderia trilhar para facilitar nossa procura, quando LeeLee me ligou. Descansada (sorte dela), ela decidiu vir imediatamente conhecer Francisco e conversar conosco. Esperamos não mais do que quinze minutos.

LeeLee entrou na conversa (que passou a ser em inglês) pedindo a Francisco a indicação de um detetive anglófono e de confiança. "Mais ou menos de confiança" foi a expressão que Francisco usou, reduzindo as expectativas de LeeLee. Só faltava, pensei, ela pedir que o detetive soubesse usar pauzinhos em um restaurante japonês. Francisco disse que indicaria, mas sugeriu que fizéssemos algumas tentativas preliminares antes de recorrer a um tipo de investigação que seria muito longa e, por isso, cara. Além disso, Francisco não punha muita fé nas rondas intermináveis de um detetive, de drive-in em drive-in, Grande São Paulo afora.

Ele mesmo se propôs a fazer uma pesquisa no Registro

Nacional de Estrangeiros, que, ele nos explicou, permite uma busca fonética — mesmo que se mude uma letra, o sistema se guia pelo som do nome. Por exemplo, pedindo Lanh, aparecem também Lan, Lahn e similares.

Por outro lado, acrescentou Francisco, o homem podia ter se naturalizado brasileiro. Nesse caso, a busca (também fonética) seria pelo nome no eventual passaporte. Ou então direto no Ministério da Justiça.

Restava a busca no Sistema de Tráfico Internacional, que cadastra a entrada e a saída de estrangeiros no país; ela também é fonética, mas de uso restrito da Justiça.

LeeLee entregou a Francisco um cartão com o nome completo de Lanh. E recebeu, em troca, outro cartão, que enfiou imediatamente no bolso traseiro do jeans, com o telefone do detetive recomendado por Francisco.

Fora isso, LeeLee se mostrou prudentemente silenciosa. Perguntei a Francisco de quanto tempo ele precisaria para fazer essas pesquisas.

"Com um pouco de sorte, um dia. Mas a pesquisa no Ministério da Justiça, vai levar mais tempo."

"Você precisa de algum dinheiro para lubrificar a máquina?", perguntei, pensando sobretudo na pesquisa do Sistema de Tráfico Internacional, mas sem mencioná-la.

"Veremos", respondeu Francisco. "Mas a princípio, não; a amizade deve ser suficiente."

Ele foi embora prometendo ligar assim que tivesse os resultados das primeiras pesquisas. LeeLee e eu tomamos mais um café, e logo LeeLee perguntou, animadíssima:

"Então, você vai me mostrar o que é um motel e o que é um drive-in?"

Como ainda era cedo, para escapar do trânsito de São Paulo, preferi evitar as marginais. Dirigindo o Fiat alugado por Lee-

Lee, peguei o túnel da Paulista e logo desci à direita na rua Major Natanael, entrei na avenida Pacaembu e segui reto até cruzar a Marquês de São Vicente, onde virei na direção oeste. Na própria Marquês de São Vicente eu podia encontrar tudo o que era preciso para satisfazer a curiosidade de LeeLee.

Dei uma pequena volta ao redor da praça Pascoal Martins, para mostrar a LeeLee a concentração de motéis que havia ali, e acabei escolhendo o OverNight, um motel mediano, bem representativo da categoria.

LeeLee observou o processo de entrada, a entrega dos documentos, a escolha do tipo de suíte etc. com a atenção cuidadosa de um redator de guia turístico. Só faltava tomar notas ou tirar fotos. Estacionei na garagem da nossa suíte e descemos do carro.

"Normalmente", eu disse, "a gente abaixa essa cortina, para que as pessoas não vejam a placa do carro."

"Ou para começar a transar aqui, na garagem", acrescentou LeeLee, que, certamente, tinha mais fantasias do que um usuário médio de motel ou drive-in.

Subimos e entramos na suíte. LeeLee examinou o banheiro, a Jacuzzi, a cama redonda ladeada de espelhos, que também cobriam o teto, e por fim achou que fazia frio. Liguei o ar quente ao máximo e fiz uma demonstração das várias luzes, mais ou menos sugestivas, e dos canais pornôs da televisão instalada no alto, na frente da cama.

LeeLee se sentou na cama e perguntou: "É isso? Só isso?".

Achei engraçado: "O que você tinha imaginado? Para muitas pessoas é exótico, diferente do quarto onde elas dormem todas as noites. Acho que o principal é a ideia de que você está num lugar onde as pessoas só vão para transar, um lugar que só serve para transar".

"Mas", perguntou LeeLee, "não tem um espaço de encontro? Os casais que entram e saem não se encontram nunca?"

Eu estava começando a entender: LeeLee imaginava algo parecido com um clube europeu. Expliquei: "Não. Os clientes podem ser um casal, podem ser três pessoas, um grupo de casais. Alguém pode entrar sozinho, instalar-se na suíte e esperar parceiros ou parceiras que vão chegar mais tarde, de táxi, com outro carro ou mesmo a pé. Às vezes, uma suíte pode servir para uma festa. Mas é sempre uma festa combinada lá fora. Não há, dentro dos motéis, um lugar de caça; não tem, sei lá, um clube com pista de dança e tal. O motel não tem nada a ver com um clube. No fundo, não passa de um lugar para transar".

"Acho que, para uma coisa dessas funcionar na Europa, seria bom incrementar um pouco", disse LeeLee. E aproveitei para sugerir que a gente continuasse nosso tour pela São Paulo by night.

Eu conhecia dois drive-ins na avenida Marquês de São Vicente. Fui primeiro ao mais moderno, no fim da avenida, quase na ponte do Piqueri. Entrei, estacionei no boxe que nos foi atribuído, desliguei o motor e expliquei: "Agora devemos esperar que a mulher puxe a cortina atrás da gente".

"Pelo mesmo motivo?", perguntou LeeLee. "Para esconder a placa do carro?"

"Bom", respondi, repetindo o comentário que ela fizera na nossa chegada ao OverNight, "isso e também caso a gente prefira transar fora do carro. O capô tem verdadeiros aficionados."

Baixei o vidro, acionei um interruptor de luz e comentei: "A gente não precisa ficar no escuro nem usar a bateria do carro". Mostrei o botão de uma campainha ao lado do interruptor: "Isso é para chamar a garçonete, caso a gente queira tomar alguma coisa. Quer?".

"Por que não? Uma cerveja?"

Nem precisei acionar a campainha, encomendei uma cerveja e uma coca diet à mulher que acabava de chegar para fechar a cortina do nosso boxe. Quando ela voltou com as bebidas, apaguei a luz e abri todos os vidros do carro: "Escute", eu disse.

Ouvia-se uma extraordinária sonoplastia do sexo: de ambos os lados e também da fileira de carros estacionados do lado oposto ao nosso vinham gemidos ritmados, grunhidos, sussurros ofegantes e, de vez em quando, paroxismos orgásticos diversos.

Essa parte LeeLee achou divertida. Em seguida, perguntou: "Mas aqui as pessoas também vêm só para transar com quem já está no carro com elas? Quero dizer: as pessoas não circulam entre os boches?".

"Acho que não seríamos muito bem-vindos, se aparecêssemos no boxe ao lado", respondi. "Nunca se sabe, mas imagino que seria um evento imprevisto e um pouco preocupante. Nossos vizinhos pensariam imediatamente que se trata de um assalto. Um pouco brochante, não acha?"

"Mas não seria impossível", insistiu LeeLee. "Alguém poderia muito bem sair do seu boxe e entrar no boxe ao lado. Mal precisaria levantar a cortina."

A observação de LeeLee talvez não tivesse muito a ver com os costumes sexuais paulistanos e brasileiros. Talvez ela já estivesse explorando suas possibilidades de movimentação se um dia se encontrasse no suposto drive-in de Lanh.

Fechei os vidros, abri a cortina, engatei uma ré, paguei e fomos embora. Voltei pela avenida Marquês de São Vicente até a praça do supermercado Car de autopeças. Perguntei: "Quer visitar outro, muito mais básico?".

"Como assim, mais básico?", perguntou LeeLee.

"Mais barato", respondi, "não sei se servem bebida, o chão dos boxes é de terra, e é provável que a limpeza não seja diária."

Entramos. Uma vez no boxe, a própria LeeLee baixou os

vidros, na escuta. Ninguém veio puxar a cortina. "Acho que aqui deve ser self-service", eu disse. LeeLee desceu do carro, mas não foi fechar nosso boxe, ficou em pé, ao lado da porta do passageiro. Desci também, dei a volta e parei do lado dela.

"Você pode ligar os faróis, por favor?", ela pediu.

A luz, refletida pela parede final do boxe, era suficiente para enxergar, no chão, um amontoado de restos sexuais, camisinhas usadas, com seus envelopes abertos, e lenços de todo tipo, do Kleenex ao papel toalha.

"Gosto daqui", disse LeeLee, falando baixo no meu ouvido e se enroscando em mim, "dá para sentir o cheiro do sexo".

"Vou fechar a cortina", eu disse, mas LeeLee não deixou que eu me desvencilhasse dela e continuou falando no meu ouvido: "Gosto assim como está, um pouco de público me inspira. Então, Mister, ready for sucky sucky?".

Eu não tinha muito como fugir, isso se eu quisesse fugir, o que não era bem o caso. LeeLee se ajoelhou ao lado do carro. Umas três vezes os faróis de outros carros, chegando ou recuando para sair do drive-in, lançaram uma pincelada de luz em cima de nós.

Quando terminou, minhas pernas tremiam. Bateu o cansaço da noite anterior e do dia, comprido demais.

Na entrada do Maksoud, LeeLee me perguntou se eu queria subir e dormir com ela. Mas achei que estava na hora de descansar mesmo. E descansar com LeeLee podia ser arriscado.

Fiquei com o carro dela e fui dormir sozinho, na minha cama.

Antes de adormecer, pensei de novo em Woody no avião, ansiosa para recuperar os filhos e talvez perguntando-se, apesar das suas certezas declaradas, quem poderia ter assassinado seu marido.

Não deu outra. Sonhei que estava diante de duas mulheres que me esbofeteavam com gosto, se revezando, de forma que o tapa de uma preparava meu rosto para o tapa da outra. Eu apanhava, mas não achava desagradável. E, aos poucos, as bofetadas se transformavam em gestos carinhosos até que, por fim, eu era um bebê nas mãos de duas mulheres, que me dispensavam cuidados maternos, manuseando-me e revirando-me com a maior facilidade. Isso sim, conseguiu me acordar. Eu estava fortemente enjoado. É sempre assim; a ideia de estar na mão dos outros sem poder me defender me dá náusea — sobretudo quando essa ideia vem acompanhada da impressão de que talvez eu esteja gostando de me entregar.

Levantei, tomei um copo de água e, por sorte, consegui dormir de novo.

16 a 29 de julho
São Paulo

Já passou o tempo em que eu conseguia dormir até a hora do almoço ou além disso. Hoje, no máximo, só consigo me forçar a ficar na cama, prolongando o sono com várias, curtas e sucessivas sonecas.

Foi o que aconteceu no dia seguinte, quarta-feira. Aparentemente, LeeLee tinha me deixado descansar, esperando que eu me manifestasse.

Mas Woody Luz ligou, como eu tinha pedido que fizesse. Ela tinha chegado, encontrado a polícia no aeroporto e, de lá, ido direto para Vermont. Fátima e Ismael estavam com ela no carro que ia para Nova York.

"Quando você volta?", perguntou Woody.

"Você sabe", eu disse, "dia 22 de agosto. Woody, tem alguma coisa que eu possa fazer para você daqui? Você está o.k.?"

Agora que as crianças estavam com ela, Woody soava serena, tranquila e focada. Ela só queria impedir que alguém tirasse Fátima e Ismael dela, se é que alguém realmente quisesse ou pudesse fazer isso. Essa questão teria que esperar até a minha volta, mas achei bom lembrar a Woody que ela poderia me ligar quando e quanto quisesse.

Perguntei: "Você vai voltar para o seu apartamento?".

"Talvez, ainda não sei", ela respondeu.

Pensei que o apartamento devia estar com uma aura sinistra. Será que não havia manchas de sangue na sala? E, mesmo que tudo estivesse limpo, será que as crianças não estranhariam retomar a vida, sem nenhum intervalo, no espaço onde elas sabiam que o pai tinha sido assassinado? Fiquei quieto, e Woody também permaneceu em silêncio, mas certamente pensando o mesmo que eu, e ela concluiu que talvez passasse a primeira noite num hotel. Insisti que me ligasse de novo assim que estivesse um pouco mais tranquila e pudesse falar livremente, sem as crianças por perto.

Entre as quatro e as cinco da tarde, completamente descansado, liguei para LeeLee. Ela atendeu em voz baixa: "Te ligo de volta". E, de fato, telefonou meia hora depois. Minha ligação tinha caído bem no momento em que LeeLee estava contratando o detetive sugerido por Francisco na noite anterior. Fiquei um pouco contrariado. De onde me vinha a ideia de que LeeLee não faria nada sem mim, sem meus conselhos, sem minha ajuda?

Perguntei como era o detetive e consegui só generalidades. Perguntei o que ele iria fazer e não me dei muito melhor. Aparentemente, enquanto as pesquisas de Francisco não nos apontassem o paradeiro de Lanh, o detetive começaria o trabalho braçal tradicional. Ele iria percorrer a cidade bairro por bairro e visitar cada drive-in de São Paulo até encontrar aquele cujo dono ou gerente fosse um vietnamita de sessenta ou setenta anos com uma filha de quarenta e um galão de cicatrizes na testa.

Quanto tempo levaria? Segundo LeeLee e seu detetive, meses. Além do fato de que ia custar uma nota, eu era bem pessimista quanto às chances de sucesso. Mas não havia nem como nem por que convencer LeeLee a desistir dessa empreitada.

"E você", perguntei, "vai ficar em São Paulo até o detetive encontrar o drive-in de Lanh?"

"Não é necessário; fico só até a gente esgotar os caminhos indicados pelo seu amigo. Depois disso, deixo o detetive trabalhando e volto para Paris, até ele me contatar."

"Se você não vai ficar"comentei, "é melhor você encarregar o Francisco de verificar, de vez em quando, se o detetive está mesmo fazendo alguma coisa pelo dinheiro que vai receber."

Naquele exato momento, Francisco ligou no telefone fixo da minha casa. As primeiras notícias não eram boas. A busca pelo RNE e pelo passaporte brasileiro não tinham dado resultado, mesmo com as possíveis alterações fonéticas. "A gente vai tentar ainda no Ministério da Justiça", concluiu Francisco, "mas, claro, o homem pode ter aproveitado a vinda ao Brasil para mudar de nome radicalmente. Ou nem isso: talvez ele já tenha chegado aqui com uma nova identidade construída em outro lugar. Vamos ver."

Resumi a situação para LeeLee. Eu tinha um jantar, marcado há semanas, por e-mail, com Paulo L., meu contador e também um amigo. Propus a LeeLee que nos encontrássemos depois, mas ela preferiu deixar para o dia seguinte pois ela também tinha um jantar, justamente com o detetive.

Brinquei: "Um novo amor?".

LeeLee riu: "Ele não é meu tipo — aliás, acho que não é o tipo de nenhuma mulher. Quero criar algum laço; tenho a ilusão de que, se formos amigos, ele vai trabalhar melhor e será mais correto na hora de apresentar as contas. Qualquer coisa, você me liga, o.k.?".

Eu tinha reservado uma mesa no Spot, na alameda Ministro Rocha Azevedo, para as oito e meia. Paulo chegou na hora. Na conversa, acabei fazendo alguns comentários sobre a busca de LeeLee, que tinha se tornado o tema das minhas férias. Não falei nada sobre as razões pelas quais Lanh era procurado tão ansiosamente por minha amiga LeeLee e, àquela altura, por mim também; mas comentei, isso sim, que a única coisa que sabíamos é que ele era dono ou gerente de um drive-in em São Paulo.

Paulo teve uma ideia. Ele me explicou que a Associação Comercial de São Paulo classifica os estabelecimentos comerciais da cidade em categorias, e as listas de cada categoria não são confidenciais: a associação as disponibiliza a quem quiser, para qualquer uso. Por exemplo, antes de abrir um estabelecimento, um comerciante pode querer saber se já existem negócios semelhantes em seu bairro e na cidade.

Paulo se propôs a entrar em contato com a associação no dia seguinte. Cada um voltou para sua casa depois de termos combinado que antes de dormir ele consultaria na internet as categorias dos estabelecimentos e em seguida me ligaria.

Assim, por volta da meia-noite, descobri que a categoria 55.1 é a dos "Estabelecimentos hoteleiros e outros tipos de alojamento temporário". Desses, os que contam com restaurante estão na categoria 55.11-5, enquanto, mais especificamente, os motéis com serviço de alimentação se enquadram na 55.11-5/03. Os estabelecimentos hoteleiros sem restaurante estão na categoria 55.12-3, enquanto os motéis sem serviço de alimentação fazem parte da 55.12-3/03. Outra categoria que talvez incluísse os drive-ins era a 55.19-0, "Outros tipos de alojamento", com os campings e os estabelecimentos que não se encaixam exatamente nas demais categorias.

Pedi a Paulo que requisitasse a lista completa de todas as categorias que pudessem incluir os drive-ins, começando pela

55.12-3 e pela 55.19-0. Ele me garantiu que faria o necessário na manhã seguinte, e aí saberíamos quando as listas seriam entregues.

Na quinta-feira acordei cedo, com o telefone tocando. Era Paulo: a Associação Comercial cobrava cento e quarenta e cinco reais por duzentos endereços, e as categorias escolhidas, certamente, teriam milhares de endereços. Era para ir em frente?

"Claro", respondi sem hesitar. "E quando eles nos entregam as listas?"

"Tem um pouco de murocracia", ele brincou, "mas vou tentar apressar ao máximo. Se for preciso, posso mobilizar fundos para acelerar as coisas?" Autorizei, como LeeLee autorizaria.

Ao meio-dia, Woody ligou. Estava tudo bem. Ela e as crianças tinham passado a noite num hotel da Sétima Avenida. De manhã cedo, tinham voltado ao apartamento, que estava limpo. Nem as crianças nem ela pareciam estranhá-lo. Além disso, Rosa, a mãe de Woody, tinha acabado de chegar, o que era uma festa para Fátima e Ismael.

De novo, insisti para que Woody me ligasse sem hesitar caso sentisse necessidade. Ela agradeceu.

No meio da tarde, Francisco telefonou informando que a lista do Ministério da Justiça não trouxera novidades. Só restava, talvez, a do Sistema de Tráfico Internacional, de uso restrito, mas veríamos.

No mais, foi um dia de trégua.

Na sexta-feira ao meio-dia, LeeLee e eu ainda estávamos tomando café na cama, no Maksoud, quando Paulo ligou: as listas da Associação Comercial estavam prontas, talvez não todas, mas já havia o que ler e em que pensar. Eram milhares de estabelecimentos, com nome e endereço, listados em tabelas de Excel gravadas num CD. Infelizmente, as tabelas não forneciam o nome dos sócios nem o objeto social detalhado das empresas, mas, uma vez feita uma seleção, poderíamos solicitar esses dados. Eu pensei: selecionar com base em quê? De qualquer modo, LeeLee quis que mandássemos imprimir tudo, por mais que o resultado fosse um calhamaço monstruoso. E era mesmo um calhamaço monstruoso, que entregaram no quarto dela, no Maksoud Plaza, cerca de três horas depois.

Deixei LeeLee às voltas com esse novo brinquedo para ir jantar com Pedro e de lá voltei para casa. O telefonema de Lee-Lee me apanhou quando eu estava pegando no sono:

"Carlo?" E, sem esperar minha resposta, completou: "Achei. Achamos Lanh. Você não vai acreditar, achamos. Ele está na lista."

"Ele, Lanh? Como assim? Nem tem o nome dos sócios na lista. Como assim achamos o Lanh?", perguntei perplexo.

"Não, não tem o nome, mas é ele, não tenho dúvida de que é ele. Venha já, vamos lá agora. Vou pedir meu carro e espero você lá embaixo. Venha correndo", e desligou.

Sugerir que esperássemos até o dia seguinte ou levantar dúvidas sobre o achado de LeeLee estava fora de questão. Não entendia como, sem esbarrar no nome de Lanh, ela podia estar segura e convencida de que suas buscas tinham chegado ao fim. Mas, depois de quase trinta anos procurando o homem mundo afora, ela não ia se deixar esfriar facilmente. Eram onze e pouco da noite. Liguei para a portaria do meu prédio, pedi um táxi, enfiei uma calça e um casaco, e saí.

LeeLee estava na frente da porta principal do Maksoud Plaza com o calhamaço das listas na mão e um boné do New York Yankees na cabeça. Seu carro nos esperava com o motor ligado.

Insisti que eu não iria a lugar nenhum sem que ela me desse uma explicação. Voltamos ao átrio do hotel e nos sentamos a uma das mesas do bar, deserto àquela altura. Pedi um café e a explicação. LeeLee não disse nada; apenas abriu o calhamaço na minha frente e apontou para um dos comércios na lista.

Era um estabelecimento na rua Diamante Preto — de novo, zona leste. Eu não entendia o que tinha chamado a atenção de LeeLee. Por que ela achava que aquele era o drive-in de Lanh?

Diante da minha perplexidade, LeeLee, com um ar de comiseração diante da minha falta de perspicácia, apontou outra vez para o nome da empresa: Tudo — era a "Tudo", ou melhor, "TUDO" com letras maiúsculas.

Eu continuava sem entender. "Mas você não está lendo?", insistiu LeeLee quase impaciente. "Só um vietnamita de Saigon escolheria um nome assim."

O mistério permanecia: "Mas, LeeLee, 'Tudo' é uma palavra bem comum em português, significa *everything*. É natural que alguém dê esse nome a um drive-in ou a um motel: é o lugar onde a gente imagina que dá para fazer 'tudo', onde 'tudo' é permitido".

"Pode ser, mas a Tu Do street só existiu em Saigon."

"E o que era a Tu Do street?", perguntei.

"Era como a nossa rue St. Denis misturada com Pigalle e St. Germain, só que mais alegre. Era o lugar onde dava para encontrar qualquer coisa e qualquer pessoa que você quisesse. Esses drive-ins e motéis daqui são apenas reflexos modestos do que era a vida na Tu Do street. Escute, Carlo", continuou LeeLee com uma agitação quase febril, "era a antiga rue Catinat dos franceses e hoje é a rua Dong Khoi, a rua da insurreição, da revolução — a revolução deles, dos vietnamitas do norte. Acabou a Tu Do, que significava liberdade, independência. Lanh adoraria a ideia de que 'tudo' pode significar em português que no drive-in tudo é possível, como na Tu Do street. Esse é o drive-in de Lanh. Ou então existe outro vietnamita de Saigon dono de um drive-in em São Paulo."

Dava para entender; no entanto eu achava que eram quase nulas as chances de que aquele Tudo fosse de fato uma alusão nostálgica à Tu Do street de Saigon. E, por serem quase nulas, talvez elas não justificassem nossa expedição noturna até lá. Mas eu não tinha como conter LeeLee.

Instalei-me ao volante do carro e procurei a rua Diamante Preto no GPS. A rua não ficava muito distante do café da mãe de Woody — a saída da Radial Leste era a mesma.

No caminho, tentei estabelecer qual seria nosso comportamento caso a intuição de LeeLee se justificasse. "Simples", disse ela, "se for o drive de Lanh, saberemos logo, ele vai estar lá trabalhando, ou a filha dele. Um dos dois vai estar lá. Vietnamita não delega trabalho; você se lembra como era no restaurante da rue Sainte-Croix?"

"Pois é. E ainda é assim?", perguntei.

"Mais ou menos", admitiu LeeLee. "Vou lá com muita frequência, mas raramente desço no restaurante, até porque agora são vários restaurantes. Fico no andar de cima, que é o escritório da empresa. Mas quem trabalha no atendimento e na cozinha são sempre parentes ou parentes de amigos, ou amigos de parentes", ela acrescentou, rindo.

"Tudo bem", eu disse, "então, se não houver nenhum vietnamita na recepção do drive-in, significa que sua associação com a Tu Do street está errada?"

"Devagar, devagar", interrompeu LeeLee. "Claro que eles podem ter um funcionário brasileiro. A gente vai precisar voltar diversas vezes para dar uma olhada. Aí, se não esbarrarmos nunca em um vietnamita, vamos perguntar, o.k.?"

"O.k., mas por que não perguntamos direto se não tem ninguém lá que veio da Indochina?"

"Indochina *my ass*...", LeeLee me acertou um murro no braço que doeu mesmo. Ela podia não gostar do Vietnã comunista, mas também não tinha nenhuma simpatia pelo passado do Vietnã como colônia francesa. E acrescentou: "Carlo, escute, quero pegá-lo de surpresa, quero aparecer como o fantasma de um passado que ele nunca esperaria ver surgir na sua frente. Entendeu?".

Entendi e concordei. Já estávamos na rua Diamante Preto. *"You have reached your destination"*, você chegou ao seu destino, disse a moça do GPS de LeeLee, e de fato, à direita, abria-se uma passagem que dava acesso ao que parecia ser um drive-in. Só que não havia placa nenhuma.

Entrei e percebi que LeeLee se encolheu no banco e escondeu o rosto embaixo da aba do boné dos New York Yankees, mas sem obstruir sua visão.

O drive-in oferecia boxe ou boxe com suíte, ou seja, com quartinho e banheiro anexos, como num motel. Escolhi o boxe com suíte. A moça que nos atendeu era definitivamente brasileira. Senti LeeLee relaxar.

Quando a mesma moça fechou a cortina atrás de nosso carro, LeeLee desceu, inspecionou o quarto e entendeu o funcionamento deste modelo mais "avançado" de drive-in sem que eu precisasse explicar nada. No fim de sua volta exploratória, parou atrás do carro, abriu uma fresta entre a cortina e a parede do boxe e ficou contemplando o pátio central do drive-in, para o qual se voltavam todos os boxes. Fiquei atrás dela, encostado, olhando pela mesma fresta. Depois de alguns minutos, chegou outro carro, e LeeLee e eu ficamos observando a mesma moça atravessar o pátio para fechar a cortina dos recém-chegados. Passados alguns minutos, alguém tocou a campainha para, provavelmente, encomendar bebidas. Dessa vez, a moça permaneceu em seu posto e falou alto com alguém atrás dela, alguém que parecia estar num quarto que se comunicava diretamente com a cabine da portaria, mas que não dava acesso direto ao pátio do drive-in: "Estão pedindo bebida, vai você que eu não posso deixar o caixa a toda hora". Não deu para ouvir a resposta, apenas a moça gritar de novo: "Olha só, eu nem devia ter aceitado ficar aqui sozinha, viu? Não dá pra cuidar das entradas, das saídas e ainda por cima levar bebida. Ou você atende ou ninguém atende".

Alguém passou resmungando pela cabine e saiu no pátio central perguntando qual era o número do boxe que tinha tocado a campainha. Era uma mulher.

Não dava para ver grande coisa, mas a mulher que atravessava o pátio mal iluminado do drive-in tinha feito a pergunta com um sotaque estrangeiro, diferente. LeeLee, que não falava português, não tinha como notar o sotaque da mulher, mas ela percebeu que algo mudara em mim, de repente, e, junto comigo, aguçou o olhar no escuro. A mulher caminhava na direção oposta, de costas para nós. "Quem sabe quando ela voltar...", murmurou LeeLee.

Tivemos sorte. Bem quando a mulher voltava do boxe com a encomenda das bebidas, outro carro chegou ao drive-in. Eles pararam na cabine para escolher o tipo de boxe e não apagaram os faróis. De repente o pátio pareceu uma praça iluminada. E a moça que estava voltando na direção da guarita era uma mulher de uns quarenta anos e, sem sombra de dúvida, vietnamita.

"Fuck me", eu disse.

E LeeLee completou: "Believe it or not".

Entramos no carro depressa e precisei abraçar LeeLee para que ela parasse de tremer. "Engraçado", ela disse, "sempre imaginei como seria, mas nunca pensei que fosse me bater uma tremedeira." Cerrei-a nos braços, beijando sua testa de leve.

Abri a cortina e engatei a ré. "Vamos voltar amanhã", afirmei sem deixar muito espaço para objeções. LeeLee não disse nada. Tampouco falou quando chegamos ao Maksoud e subi com ela até o quarto. Tirei sua roupa e me deitei ao lado dela. Continuei abraçando-a até que ela pegou no sono. E eu também.

No sábado e no domingo voltamos ao drive-in da Vila Carrão umas seis ou sete vezes, número que não levantaria suspeitas excessivas, compatível com os exercícios sexuais de um casal assanhado. Por duas vezes a mulher vietnamita que tínhamos visto na primeira visita estava na cabine. Nesses casos, LeeLee enfiou a cabeça entre os ombros e sumiu no banco do passageiro. Só apontando uma lanterna para dentro do carro talvez fosse possível perceber que minha acompanhante era oriental.

Na segunda-feira de manhã, Francisco ligou com os últimos resultados, mais uma vez negativos, das consultas feitas a partir do nome de Lanh. Mas, àquela altura, a coisa não tinha mais importância. No fim da tarde, fizemos mais uma visita ao drive-in da rua Diamante Preto.

Estava se tornando um hábito: assim que o carro se aproximava da cabine, LeeLee se escondia sob a aba do boné e se esforçava para enxergar se alguém mais, além da moça brasileira ou da mulher vietnamita, aparecia na cabine.

Desta vez, o carro já estava quase encostando no vidro da portaria quando percebemos que, sentado atrás dele, havia um homem vietnamita da minha idade ou talvez mais velho.

Acreditando que tudo se repetiria da mesma maneira de antes, LeeLee estava relaxada e não afundara no banco; estava apenas encostada em meu ombro. Quando percebeu o homem, caiu de boca em mim, simulando uma urgência de sexo oral que não admitia esperar que a gente chegasse à privacidade de nosso boxe.

Ou o homem não viu nada ou achou tudo muito natural; afinal, casais já deviam ter passado pela cabine do drive-in em qualquer fase da transa. Ele tampouco pareceu se incomodar com o fato de eu não tirar os olhos dele, apesar da mulher que gemia entre as minhas pernas. E não tirei mesmo; estava fascinado pelo friso de cicatrizes embaixo da linha de seus cabelos.

LeeLee só levantou a cabeça quando estacionei o carro no boxe e fecharam a cortina atrás de nós. Por ter apagado as lanternas do carro assim que parei, não soube dizer quem fechou a cortina.

LeeLee disse apenas: "É ele", e recomeçou a tremer como na sexta-feira, só que com mais intensidade. Ela não quis que eu a abraçasse; só deixou eu segurar sua mão, enquanto batia os dentes de forma tão violenta que o barulho abafava a sonoplastia sexual do drive-in.

Ficamos em silêncio durante mais ou menos quinze minutos. Imaginei que LeeLee estivesse pensando, decidindo o que fazer, agora que tinha encontrado Lanh. Mas talvez ela estivesse apenas deixando o tempo passar, para que nossa visita ao drive-in se confundisse com a dos demais clientes.

Por fim, ela pediu: "Vamos embora".

No caminho de volta, o tremor se aplacando, LeeLee não disse nada, só quis se assegurar de que o endereço do drive-in estivesse registrado no GPS do carro. E não houve como lhe arrancar reflexões ou planos de ação. Perguntei: "Mas você não quer confrontá-lo? Ou quer confrontá-lo sozinha? Será que não é perigoso?". Nenhuma resposta. Quase ressentido, pensei que, pela ajuda que eu tinha oferecido, talvez eu merecesse um tratamento melhor do que o silêncio. Pensava que, àquela altura, ela bem que poderia me incluir, se não em seus planos, pelo menos em suas reflexões. No entanto, nada. Só silêncio.

Deixei LeeLee e o carro dela no Maksoud e fui embora de táxi.

Na terça-feira, não telefonei para LeeLee, um pouco magoado pelo silêncio da noite anterior.

Na quarta-feira, liguei para o celular de LeeLee e dei na caixa postal; tentei o hotel e me disseram que a sra. Linh tinha deixado o hotel na terça-feira.

"Como assim?", perguntei, "ela voltou para a França?" Não sei o que me fez imaginar que eles soubessem para onde LeeLee tinha ido; a resposta, previsível, foi: "Não sabemos".

Eu poderia tentar ir pessoalmente ao Maksoud e insistir, mas algo me dizia que não ia adiantar. LeeLee tinha sumido, e não fora acidentalmente.

Liguei para Francisco pensando em lhe perguntar se ele conhecia alguém no Maksoud, quem sabe o chefe de segurança do hotel, que pudesse verificar se não havia mesmo nenhuma pista do destino de LeeLee.

Mas, antes de terminar a ligação, dei-me conta de que minha pergunta para Francisco era outra. Pedi para encontrá-lo. Ele estava no Rio e só voltaria tarde da noite. Combinamos um almoço para o dia seguinte ao meio-dia, no Arábia da rua Haddock Lobo.

Chegamos ambos na hora exata e pudemos escolher uma mesa tranquila, sem vizinhos.

Dessa vez, expliquei a Francisco as razões da busca de Lee-Lee, ou seja, as razões pelas quais tínhamos, LeeLee e eu, pedido sua ajuda. Na verdade, tratava-se sobretudo de minhas conjecturas, visto que LeeLee nunca tinha sido clara sobre as razões que estariam na origem do que parecia ser seu desejo de vingança — mas isso eu não disse a Francisco. Em compensação, contei como tínhamos descoberto o drive-in e, finalmente, na segunda-feira, encontrado Lanh. Acrescentei que desde então LeeLee tinha sumido, que seu celular dava na caixa postal direto e que, de acordo com o Maksoud, ela tinha deixado o hotel na terça-feira de manhã. Talvez ela tivesse voltado à França ou talvez tivesse se mudado para outro hotel — quem sabe para me despistar, como se agora quisesse agir sem minha censura ou sem me envolver no caso.

Eu tinha o nome completo de LeeLee e sabia que ela estava viajando com passaporte francês. Talvez a Polícia Federal ou as companhias aéreas pudessem nos dizer se ela tinha deixado o país. Obviamente, não seria fácil obter essas informações. Mas o problema não era esse.

Havia algo mais urgente, mais importante que saber onde estava LeeLee; afinal, ela tinha todo o direito de desaparecer. A verdadeira urgência, para mim, era saber se LeeLee tinha feito alguma coisa antes de sumir. O próprio fato de ela não dar notícias era preocupante: afinal, por que ela desapareceria? Só se estivesse planejando alguma coisa à qual imaginava que eu me oporia. Será que ela tinha movido montanhas durante vinte e cinco anos só para, uma vez encontrado Lanh, contentar-se com essa informação e voltar a Paris e para sua vida de antes? Claro que não.

Expliquei a Francisco que, desde o dia anterior, eu vinha lendo todos os jornais, principalmente os mais populares, procurando ecos de um possível crime violento na zona leste. Mas não tinha achado nada. Ao mesmo tempo, eu sabia que nem todos os crimes são noticiados nos jornais; só os mais pitorescos e cruentos. Ou seja, o silêncio dos jornais não provava nada. Talvez Francisco pudesse recorrer a amigos na polícia civil ou na polícia militar para tentar saber se tinha acontecido alguma coisa com Lanh, que certamente não se chamava mais Lanh, e era um sujeito entre sessenta e setenta anos de origem vietnamita, dono do drive-in da rua Diamante Preto, na Vila Carrão. Será que não tinha acontecido nada? Será que ainda era cedo e LeeLee iria esperar mais alguns dias antes de agir? E como ela agiria? Ou será que Lanh tinha sumido e a filha já estava preocupada com sua ausência? Será que haviam encontrado o corpo de Lanh?

Francisco disse que me ligaria assim que tivesse notícias. De fato ele me ligou nessa mesma noite, por volta das onze, e perguntou se podia passar na minha casa.

"Preferi falar com você pessoalmente", foi dizendo ao entrar. Sentamos na sala e fiz um café.

Francisco falara com seus amigos da polícia civil. Nos últimos dias, nenhuma ocorrência tinha sido registrada que tivesse a ver com o drive-in da rua Diamante Preto e seu dono vietnamita. Essa figura, aliás, Francisco informou, era cidadão dos Estados Unidos, naturalizado brasileiro, e se chamava Tony Lang. Mais um detalhe: ele não era gerente, e sim o dono do drive-in da rua Diamante Preto.

Mas, além disso, havia outra coisa que Francisco queria me dizer, por isso tinha preferido passar em minha casa, evitando uma conversa telefônica:

"Você se lembra daquele detetive que sugeri à sua amiga?", perguntou Francisco.

"Sim", respondi, "me lembro que você sugeriu alguém a LeeLee e que ela enfiou o cartão do sujeito no bolso. Ela me disse que o tinha contratado para procurar Lanh de drive-in em drive-in pela cidade, mas nunca me disse o nome do homem ou da agência dele. Ela me manteve afastado dessa parte da história."

"Vou lhe dizer uma coisa. Acho que ela preferiu que você não se envolvesse: o que ela realmente queria do tal detetive não era tanto que ele investigasse os drive-ins da cidade. Isso também, mas, sobretudo, ela queria comprar uma arma."

"E ela conseguiu com o seu amigo?" Minha frase devia transmitir uma ponta de censura moral, pois Francisco respondeu, meio incomodado:

"Óbvio que conseguiu. Com mil dólares, nesta cidade você compra um revólver ou uma pistola e umas dez caixas de balas de qualquer um, até do bispo. Você acha o quê? Que alguém é santo só porque eu recomendei?"

"Não, claro, e, de qualquer forma, ela poderia ter comprado uma arma em qualquer rua do centro; era só perguntar para a pessoa certa. Mas, enfim, o que importa é que agora sabemos que ela estava armada."

"É, estava", concluiu Francisco.

Antes de se despedir, ele acrescentou: "Nós só perguntamos à polícia se algo tinha acontecido com algum vietnamita dono de drive-in, algo que a polícia registraria, um crime, por exemplo. Mas alguém poderia ir ver se o nosso vietnamita por acaso não está lá, bem de saúde. O que você acha?".

Achei que, naquela altura, não seria um grande esforço e valeria a pena.

No sábado saí de férias. Passei alguns dias em Salvador, antes de continuar rumo ao norte do país. Na segunda, quando eu saía da casa de uma amiga, no Barbalho, Francisco me ligou para dizer que Tony Lang, o dono do drive-in da rua Diamante Preto, estava muito bem de saúde e, na noite anterior, tinha viajado para os Estados Unidos. Era uma viagem que ele fazia habitualmente, cinco ou seis vezes por ano.

"Quer saber mais?", perguntou Francisco. "Quer que alguém investigue mais?"

"Não", eu disse, "não é preciso." Que Lanh, ou Lang, se danasse. Eu não estava mais preocupado com a possível vendeta de LeeLee; o que me doía era o silêncio dela — o silêncio e a ausência.

Mas na terça-feira logo antes de eu partir para o norte, recebi o seguinte e-mail:

Para: Carloantonini@uol.com.br
De: BruceLeeLee@copycat.fr
Assunto: Number One

Carlo, te encontrar foi Número Um. Foi quase como nos old times. Aprendi muitas coisas nestes dias, nem todas legais. Algumas foram Número Dez mesmo. Foi como levar um tiro. Mas melhor assim: às vezes, a gente precisa levar um tiro para enxergar as coisas com mais clareza. Venha me visitar, quando estiver em Paris. Você sabe onde me encontrar.
Love, LeeLee

Pensei que eu mesmo teria topado levar um tiro (claro, de raspão) para enxergar melhor o que LeeLee queria dizer. Pensei também que isso podia esperar; agora eu precisava de férias de verdade. E sem fortes emoções, se possível. Ou seja, sem LeeLee e sem Woody.

21 e 22 de agosto
Nova York

Cheguei a Nova York na manhã de 21 de agosto, quinta-feira.

Mergulhei na rotina das minhas voltas de viagem, a parte chata das férias: encarar uma montanha de correspondência, quase toda ela insignificante. Guardei as revistas semanais e mensais, sabendo que nunca teria tempo para lê-las — no máximo, as folhearia. As contas já tinham sido pagas pelo débito automático. O resto era propaganda, ofertas especiais de novos cartões de crédito, catálogos com promoções de fim de verão e de "volta às aulas" etc.

Mesmo assim, eu levaria uma tarde para colocar tudo aquilo em ordem.

A luz da minha secretária eletrônica estava piscando. Sempre que viajo, gravo uma mensagem avisando que, durante minha ausência, não escutarei meu correio de voz e peço para que liguem depois do meu retorno (no caso, oficialmente anunciado para o dia 22). Mas, apesar disso, sempre há alguém que deixa recado.

Desta vez, era o detetive Charles Palmer, da polícia de Nova York, pedindo que eu entrasse em contato assim que voltasse à cidade.

Telefonei para ele na hora. Eu não devia ser o número um na lista dos mais procurados, pois Palmer custou a entender quem estava falando. Quando entendeu quem eu era e por que estava ligando, ele se dispôs a passar pelo meu consultório naquele mesmo dia, no fim da tarde.

Palmer chegou às cinco e meia. Como nos filmes, eles vieram em dupla, ele e uma mulher cujo nome esqueci, porque só Palmer conversou comigo.

Sentamos no consultório. Palmer olhou a pilha de correspondência e perguntou: "O senhor acaba de chegar, doutor?".

"Sim, liguei assim que ouvi o seu recado."

"Bom, doutor, pelo que dizia o recado de sua secretária eletrônica, o senhor está voltando do Brasil e deve estar cansado, então irei direto ao assunto."

"Ótimo", eu disse, não sem pensar que, provavelmente, ele sabia de onde eu vinha também pelas conversas que tivera com Woody.

Palmer perguntou: "O senhor é o terapeuta da senhora Woody Luz Khaloufi?".

"Detetive, não estou muito acostumado a lidar com casos de homicídio", (ele sorriu), "mas tenho alguma prática jurídica por ter sido convidado, mais de uma vez, a dar meu parecer como especialista — tanto pela defesa quanto pela promotoria, aliás. Nós dois, ou melhor, nós três", eu disse, apontando para a agente que o acompanhava, "sabemos que, em princípio, sem a ordem de um juiz, eu não vou poder responder a nenhuma de suas perguntas. Também sabemos que, no caso de um homicídio, essa é uma ordem que qualquer juiz dará sem hesitar. Então, é óbvio que vou cooperar com sua investigação, mas, já que ainda não temos uma ordem judicial, vamos pelo menos salvar as aparências: você me diz o que deseja saber e eu lhe direi se posso ou não responder."

Palmer anuiu: "O.k., doc, é simples. Primeira pergunta: o senhor sabe como era o relacionamento do casal Khaloufi?".

"Sei muito pouco, detetive. Na verdade, a senhora Luz estava apenas começando uma terapia comigo um pouco antes das férias de verão." Achei que poderia dizer isso sem desrespeitar o caráter confidencial da fala da minha paciente.

"E como era esse relacionamento, de acordo com esse muito pouco que o senhor sabe?"

Abri as mãos. Não me parecia possível responder sem uma ordem judicial. Palmer passou à segunda pergunta:

"É verdade que o senhor encontrou a senhora Luz Khaloufi em São Paulo? Acho que pode responder, já que esse encontro, se ocorreu mesmo, não fazia parte da terapia."

Era uma alegação defensável e, obviamente, a própria Woody devia ter mencionado nosso encontro em São Paulo. Respondi: "Sim, no dia 14 de julho, dei uma palestra em São Paulo, à noite, e a senhora Luz compareceu. Ela até formulou uma pergunta por escrito, que, aliás, ainda devo ter comigo. No papel em que escreveu a pergunta, ela deixou também seu telefone de São Paulo. Liguei no dia seguinte e me encontrei com ela: Woody Luz estava muito abalada porque acabava de saber da morte do marido e queria ser a primeira a informar os filhos".

"Doutor", perguntou Palmer, mais sarcástico do que investigativo, "isso é uma prática padrão? Telefonar para os pacientes enquanto está viajando de férias e se encontrar com eles?"

"Claro que não", respondi, quase irritado.

"Então por que o senhor ligou para a senhora Luz Khaloufi?"

"Digamos que eu tinha razões para estar um pouco preocupado com o estado de espírito da senhora Luz, tendo em vista as últimas sessões que tivemos antes de ela deixar Nova York, em julho." Eu já estava falando mais do que devia — habilidade de Palmer, que tinha conseguido me irritar justamente porque tinha razão: Woody parecia ser, para mim, uma paciente um pouco especial.

Houve um silêncio, dele e meu.

Palmer retomou: "Doutor, o senhor sabe muito bem que, se pensássemos — é apenas uma hipótese — que a senhora Luz Khaloufi estivesse envolvida na morte do marido, poderíamos facilmente obter uma ordem judicial para que o senhor nos dissesse tudo o que ouviu nas suas sessões com ela, não sabe?".

"Sim, detetive, estou ciente disso. Mas você também sabe que se eu responder às suas perguntas sem a ordem de um juiz, vou cometer uma falta grave, suficiente para que eu seja excluído das minhas associações profissionais. O que posso lhe dizer é que vi a senhora Luz no dia 14 de julho à noite e que a encontrei no dia seguinte. E que ela estava bastante abalada com a notícia da morte do marido. Se quiser uma apreciação minha, posso lhe dizer que, em tudo que a senhora Luz me disse nas quatro sessões que teve comigo, nada indicava que ela desejasse a morte do marido."

Pensando bem, isso não era totalmente verdade. Ou melhor, era falso. Mas, provavelmente, eu não diria nada diferente mesmo que Woody tivesse entrado no meu consultório prometendo que mataria o marido a facadas ou a tiros. O que alguém anuncia, mesmo esbravejando e ameaçando, não se confunde com o que ele quer de fato. Além disso, se eu tivesse achado que Woody tinha mesmo a intenção de matar o marido, por que eu não havia tomado as providências necessárias para evitar a tragédia? Por que não tinha internado minha paciente ou, pelo menos, informado a polícia, para que o sr. Khaloufi pudesse ser protegido de sua mulher ensandecida? O detetive Palmer, sem dúvida, sabia disso tudo. Como também sabia que se, toda vez que um paciente expressa o desejo de que alguém morra, o terapeuta tivesse que informar a polícia ou internar o paciente, os sistemas carcerário e hospitalar entrariam em colapso.

Palmer e sua parceira se despediram, deixando-me o proverbial cartão com o número para o qual eu deveria ligar caso me lembrasse de algo relevante ou se algum fato novo aparecesse. É um artifício para que testemunhas recalcitrantes continuem pensando — ao menos inconscientemente — nos fatos sobre os quais foram interrogadas. E funciona, a não ser que a testemunha conheça um pouco de psicologia forense e saiba, portanto, que se trata de um artifício.

Enfim, apostei comigo que eles voltariam poucos dias depois com uma ordem judicial que me obrigaria a contar tudo o que Woody tinha me dito nas sessões de julho. Mas não aconteceu nada disso.

Concluí que a visita e as perguntas tinham sido mera formalidade. Talvez eles já tivessem uma ideia de quem podia ser o assassino de Khaloufi. De qualquer forma, aparentemente, para solucionar o caso, eles não contavam com o que eu tinha para lhes dizer.

No dia seguinte, ou seja, na data oficial do meu retorno, Woody Luz ligou. Ela queria continuar sua terapia. Aproveitando que eu ainda não tinha retomado meus atendimentos, pedi que ela viesse naquele mesmo dia.

Woody entrou no consultório sorrindo, calma, praticamente sem maquiagem, vestindo uma saia azul-clara, camisa bege e uma malha leve de uma cor mostarda desbotada. Era outra pessoa. Tânia não existia mais, sumira aquela máscara vermelha e branca que evocava uma improvável boneca japonesa, tipo Barbie-a-gueixa. Só sobrava Woody, de uma beleza discreta que me surpreendeu, mas nem tanto, pois essa nova aparência era a única que combinava com o jeito de falar da sra. Luz — que, de repente, aliás, não parecia mais uma senhora, e sim uma jovem. Perguntei como ela estava e como estavam as crianças.

Ela respondeu que as crianças estavam bem, ainda um pouco assustadas com o que tinha acontecido com o pai, mas bem, tranquilas. Certamente, se sentiam seguras e amparadas porque toda a família, ou o que sobrava dela, agora morava no apartamento da rua 49. Rosa, a mãe de Woody, estava em Nova York desde julho, como eu sabia, e Tônio, o marido de Rosa, que para as crianças era o vovô, chegara no começo de agosto. Ele tinha permanecido no Brasil apenas o tempo necessário para tomar algumas providências relativas aos negócios que ele e Rosa mantinham em São Paulo; de qualquer forma, ele voltaria a São Paulo uma vez por mês, ou até com mais frequência, se fosse preciso. Mas o essencial, para as crianças, era que o apartamento da rua 49 era agora a casa de todos eles, o lar.

"Morreu o pai da família nuclear", comentou Woody, que gostava de comparações antropológicas, "mas, em compensação, a casa virou maloca. Só falta a Rosa e o Tônio armarem sua rede na sala."

Woody me trouxe, logo no primeiro dia, uma fotografia da cena do crime — aparentemente tinha conseguido uma cópia com Palmer. Khaloufi estava de calça preta e camisa branca, sem sapatos, caído ao lado de uma mala aberta, no chão do que parecia ser a sala da casa. Ele tinha sido assassinado provavelmente enquanto estava de joelhos, com três tiros, dois no peito e um no rosto, disparados a um metro de distância ou pouco mais, por alguém que estava de pé na frente dele — uma espécie de execução. Esse alguém, comentou Woody, devia ser conhecido, pois não havia nenhum sinal de arrombamento nem de luta.

Woody contou que as investigações sobre a morte de Khaloufi continuavam. Ela tinha sua própria hipótese, que era mais uma certeza do que uma hipótese e que eu não achei bom questionar. Ela insistia que os culpados eram os membros do grupo de Newark, entre os quais os próprios primos de Khaloufi.

A família de Khaloufi era composta dos pais e de um irmão, que estavam no Líbano — Woody os tinha encontrado uma só vez, quando eles vieram para o casamento. Dois tios e uma tia de Khaloufi, que Woody nunca tinha visto, nem em fotografia, viviam no Marrocos. Os filhos desses tios, primos de Khaloufi, moravam todos em Newark. Woody também os conhecera no dia do casamento com Khaloufi e voltara a vê-los no enterro do marido — eles, aliás, é que tinham cuidado do enterro: escolheram a funerária, para a lavagem e preparação religiosa do corpo, e compraram o caixão, que, por ironia, eles tinham encontrado numa funerária judaica, que oferecia caixões de pinho simples e básicos, mais ou menos compatíveis com o ritual muçulmano (e judaico) de enterrar os mortos diretamente na terra. Após a morte de Khaloufi, os tios marroquinos não se manifestaram; só os pais dele ligaram do Líbano, e ambos falaram com Woody pelo telefone, lamentando a morte do filho e pedindo que Ismael fosse criado como muçulmano para que suas rezas de homem santo ajudassem Khaloufi na hora do juízo final.

Depois disso, os sogros não a procuraram mais. "Melhor assim", disse Woody. Mas ela não achava certo: afinal, se eles se preocupavam com a educação religiosa das crianças, por que não tentavam participar mais ativamente? Ninguém telefonava para conversar com Fátima ou Ismael. Ninguém visitava as crianças.

No começo de agosto, Woody descobrira que poucos meses antes, em janeiro daquele ano, Khaloufi havia contratado um seguro de vida para si mesmo e para ela: duas apólices separadas, de quinhentos mil dólares cada uma. O beneficiário do seguro de vida de Khaloufi era Woody. E o do seguro de Woody era Khaloufi. Em vista do que tinha acontecido, pensei, era difícil não se perguntar o que ele sabia ou antevia. Receava ser morto? Por mais que o seguro contratado pouco tempo antes do assassinato de Khaloufi parecesse excessivamente tempestivo, a indenização seria paga. Afinal, a morte de Khaloufi não fora suicídio, e as investigações pareciam excluir o envolvimento de Woody no caso.

Woody contou que havia decidido criar um *trust*, do qual Fátima e Ismael seriam os donos quando atingissem a maioridade e onde ela colocaria os quinhentos mil dólares do seguro de vida de Khaloufi. Ela modificou seu próprio seguro de vida para que o *trust* dos filhos fosse o beneficiário, caso ela morresse. Por fim, transferiu para o *trust* a propriedade do apartamento da rua 49, que, com a morte do marido, tinha sido quitado pelo seguro obrigatório embutido nas prestações do empréstimo.

Aproveitando a volta das férias, dei um jeito de reservar para Woody três sessões semanais fixas a partir da segunda-feira seguinte, 25 de agosto. Eu teria que mudar os horários de alguns pacientes que voltariam no decorrer de setembro, mas, depois do que tinha acontecido, parecia-me necessário ver Woody com mais frequência. A não ser que a intensificação da terapia se revelasse perigosa para seu equilíbrio.

23 de agosto
Nova York

No sábado de manhã, como eu havia combinado de fazer desde antes das férias, telefonei para Jeff Elm.

Jeff tinha sido um dos responsáveis pela segurança pública de Nova York durante a administração de Rudolph Giuliani e desde então vivia dando consultorias mundo afora. A gente tinha se conhecido em 1996 ou 1997 num congresso sobre violência urbana realizado em São Paulo, ambos hospedados no mesmo hotel da rua Augusta.

No congresso, eu tinha apresentado algumas reflexões sobre o quanto o comportamento marginal e criminoso pode ser resultado do desleixo e do abandono do espaço público, enquanto Jeff apresentara a estratégia que havia sido adotada em Nova York no começo dos anos 1990 e que ele estava, justamente, exportando para outras cidades.

À margem do congresso, tínhamos convivido bastante. Uma noite, ele falara longamente da dificuldade de matar, do trauma do policial que mata um criminoso, um suspeito ou um fugitivo; minhas respostas — ou talvez meu silêncio — tinham caído bem, e nos tornamos amigos. Depois disso, passamos a nos encontrar com regularidade a cada dois ou três meses. Era fácil, morávamos perto um do outro, eu na rua 50 com a Oitava, ele quase em Columbus Circle.

Desta vez, além da amizade, havia uma razão específica para a gente se encontrar na volta das férias.

Em nosso último encontro, em maio ou junho, Jeff e eu tínhamos conversado madrugada adentro sobre as consequências jurídicas e policiais das terapias de memórias reconstruídas, em que o terapeuta encoraja e ajuda o paciente a recompor (se não a inventar) uma lembrança que de fato ele não tem, mas que, por uma razão ou outra, parece caber direitinho em sua história. Você olha seu pai com desconfiança e não sabe por quê? Não é preciso que você se coloque perguntas tortuosas e embaraçosas sobre, por exemplo, a ambivalência de seus sentimentos pelo seu pai. Melhor, simplesmente, "reconstruir" a lembrança de um abuso que você teria sofrido por ele. Essa "lembrança" explica tudo, embora, de fato, o abuso possa nunca ter acontecido.

A moda das terapias de memórias reconstruídas produzira uma série de denúncias e mesmo condenações fundadas em lembranças que eram, muitas vezes, ficções do paciente — ou, pior, do próprio terapeuta.

Em matéria de memórias reconstituídas, Jeff e eu concordávamos na desconfiança. A memória transforma nossa recordação de acordo com nossas necessidades do presente e do futuro. É ótimo que seja assim — isso permite que a gente se reinvente. Mas há uma complicação: embora, obviamente, os abusos existam, nem tudo que é lembrado e denunciado como abuso é abuso mesmo. Aliás, parte do que é lembrado e denunciado como abuso, simplesmente, nunca aconteceu de fato.

Como consequência dessa conversa, Jeff insistira para que

nós dois oferecêssemos aos cadetes da Academia de Polícia de Nova York uma sessão de reflexão sobre as memórias reconstruídas e, de maneira mais geral, sobre o valor das lembranças, dos depoimentos de testemunhas etc. Cada um de nós falaria separadamente e nossas exposições se complementariam. A sessão estava marcada para 15 de outubro e era necessário começar a afinar nossos violões, como se diz. Além disso, eu queria contar a Jeff a história da morte de Khaloufi e pedir sua ajuda para entender melhor os eventos de minhas férias um pouco sangrentas.

Combinamos de almoçar no mesmo dia no Fiorello, em frente ao Lincoln Center. Cheguei primeiro e escolhi uma mesa perto do janelão da vitrine; sentei de frente para o Lincoln Center e vi Jeff descendo a Broadway e atravessando a praça. Era difícil não reconhecê-lo mesmo de longe. Jeff não era muito alto, mas era corpulento de um jeito que sugeria força; e também era uma figura pitoresca, sempre vestido de maneira extremamente formal, com gravata-borboleta, colete, casaco.

Enquanto ele passava rente ao vidro e estendia o braço para empurrar a porta do restaurante, reparei que tinha perdido peso. Eu não sabia se devia dar-lhe os parabéns por ter conseguido seguir sei lá que dieta ou se devia me preocupar. Acabei não comentando nada e deixei que o prazer do reencontro e da nossa conversa apagasse essa impressão inicial.

"Meu amigo", comecei, "minhas férias foram bizarras", e passei quase duas horas relatando o que havia acontecido comigo desde junho. Expus tudo detalhadamente, desde o aparecimento de Woody em meu consultório até a conversa com a mãe dela, Rosa, no bar de Vila Carrão, e, nos dois últimos dias, a visita de Palmer a meu consultório e o reencontro com Woody, transformada. A seguir, contei o encontro com LeeLee no Lika, a descoberta do drive-in de Lanh e o sumiço de LeeLee. Enfim, contei tudo. Normalmente, teria alterado o nome de Woody, por discrição, mas no caso não havia como, já que eu queria pedir a ajuda de Jeff para saber como andavam as investigações sobre a morte de Khaloufi.

Jeff escutou sem me interromper, salvo para me perguntar um ou outro detalhe.

Quando terminei, ficamos algum tempo em silêncio e depois perguntei: "Então, o que você achou? Não foi um verão e tanto?".

"Que o inferno solte seus diabos", disse Jeff. "Meu amigo, você passou o verão pendurado como um boneco ao vento." Jeff era assim, sempre falava de maneira um tanto pomposa, recorrendo a provérbios e frases feitas ou então criando frases que não eram mas que pareciam provérbios e frases feitas. "No mais", continuou, "não sei, há muita coisa sob o sol que eu não entendo, e talvez haja coisas que nós, míseros mortais, não devamos entender. Mas não custa tentar. Vejo duas frentes: primeiro", e aqui Jeff levantou ostensivamente o polegar direito e o manteve assim até terminar o seu primeiro ponto, "quanto à história de sua paciente Woody Luz, entendo que há uma pergunta em aberto: quem matou o marido, Khaloufi? Outra pergunta: o seguro de vida contratado pelo falecido seria uma coincidência? Ora, nós, policiais, e vocês, psicanalistas, temos isto em comum: não acreditamos em coincidências, não é mesmo?

"Quanto a essas perguntas, talvez eu possa ajudar, e ajudar é o meu desejo. Para isso, preciso de um pouco de convívio social com minhas fontes preferidas e de alguma meditação. Charles Palmer é nome do detetive, correto?"

"Sim, Charles Palmer."

"Então, começarei com ele. O que me espanta é ele não integrar a tropa de meus antigos subordinados e amigos. Mas isso não será um impedimento, e logo eu e você jantaremos festejando a verdade enfim descoberta. A sorte sempre dedica seu sorriso aos corajosos.

"Agora, segundo", e aqui Jeff levantou o polegar da mão esquerda sem por isso baixar o da direita, "quanto à história da sua amiga LeeLee, há esperança de que um dia ela conte a você o que ela fez de fato com o seu Lanh depois de ela ter sumido nas brumas paulistanas. Quanto a saber o que o seu Lanh fez com ela quando ela era mocinha e ele era um ogro saigonês", a ironia era quase sarcástica, "quanto a isso, acho que a tarefa é mais para as suas competências do que para as minhas. Você é que sabe do que a memória dos humanos é capaz. É hilário e notável que sua amiga LeeLee nos proporcione um caso perfeito para nossa sessão de reflexão de outubro. Mas me diga, ilustre amigo, por que você não insistiu, por que não encorajou vivamente sua amiga a se esforçar e lhe dizer com mais clareza o que aconteceu na selva vietnamita? Afinal, você não reconstruiria uma lembrança ausente, talvez apenas ajudasse uma memória, digamos, reticente, não acha?"

"Pois é", respondi, "esse vai ser com certeza um dos tópicos da minha fala na nossa tarde na Academia. É por causa da teoria do primeiro relato dos fatos. Diz assim: se uma memória é reprimida, total ou parcialmente, de qualquer forma e por qualquer razão, uma vez que você instigue o indivíduo a se lembrar dos acontecimentos e a contá-los, o primeiro relato dele, seja verídico, inventado ou induzido por sugestão, tanto faz, esse primeiro relato se constituirá, aos olhos dele, como a versão verídica dos fatos. Ou seja, o primeiro relato se confundirá com os próprios fatos.

"Em geral, quando contamos pela primeira vez o que nos aconteceu, estabelecemos o que acreditaremos ser, de vez e definitivamente, a versão dos fatos. Qualquer alteração futura será penosa, difícil, pois não será apenas a alteração de um relato. Ao contrário, essa alteração parecerá violentar a evidência do que realmente aconteceu.

"Não sei se consigo me explicar: para nós, o que aconteceu é, antes de mais nada, o que contamos no primeiro relato. E isso vale sobretudo quando se trata de um acontecimento que preferiríamos deformar ou esquecer."

"Você acha que esse é o caso de LeeLee, certo?", perguntou Jeff.

"É bem possível que ela nunca tenha contado a ninguém o que aconteceu quando seus pais foram presos — nem a si mesma. Por isso me calei: a última coisa que eu queria era levá-la a solidificar sua lembrança reprimida e repleta de lacunas com um relato fajuto e apressado.

"Imaginei que, ao encontrar a pessoa com quem ela viveu aquele momento, o próprio Lanh, ela talvez tivesse uma chance de estabelecer um relato melhor dos fatos. Infelizmente, não sei como foi o encontro entre LeeLee e Lanh. Só tenho as alusões enigmáticas daquele e-mail bastante vago que recebi dela no fim de tudo."

Jeff estava visivelmente interessado:

"Meu amigo, eu ajudarei com a história do banal assassinato do marido de sua paciente, mas o que você está fazendo aqui? Onde se esconde o meu valente amigo? Onde está o Carlo, cuja amizade muito me honra? Como pode ser que você já não esteja a caminho de Paris?"

De nada valeram meus protestos de que as férias tinham sido longas e que agora os pacientes precisavam de mim. Jeff chegou a me chantagear: eu não teria notícias sobre o caso Khaloufi se, antes da nossa palestra de 15 de outubro, eu não embarcasse para Paris decidido a saber tudo o que tinha acontecido no encontro entre Lanh e LeeLee. Como eu poderia "privar os cadetes da nossa polícia do saber que derivaria de tal primoroso exemplo"?

Jeff tentou me convencer a viajar imediatamente, aproveitando o feriado de Labor Day, mas me defendi com firmeza. O Labor Day caía em primeiro de setembro, e eu mal teria tempo de me certificar de que LeeLee estaria mesmo em Paris — isso se eu conseguisse lugar num avião. Prometi que viajaria em outubro, no feriado de Columbus Day, um pouco antes da nossa palestra.

Nos despedimos com um abraço, Jeff me prometendo que ligaria assim que tivesse alguma informação sobre o caso Khaloufi.

Ao chegar em casa, mandei um e-mail para Karina, minha agente de viagem, pedindo que ela me reservasse (apenas reservasse, sem comprar ainda) uma passagem para Paris com ida para 10 de outubro, uma sexta-feira, e volta para a segunda, dia 13.

Outro e-mail foi para meu filho, que residia em Paris, perguntando se ele estaria na cidade naqueles dias. Poucas horas depois, ele me respondeu que, infelizmente, estaria viajando, mas que iria deixar as chaves do apartamento na portaria.

Só não escrevi para LeeLee. Deixei para fazer isso mais tarde, quando de fato eu fosse comprar a passagem que havia reservado.

25 de agosto a
3 de outubro
Nova York

Na segunda-feira, dia 25, retomei o consultório.

Woody começou a semana reafirmando sua convicção de que a morte do marido estava relacionada com os amigos e parentes que ele frequentava: a gangue de Newark, New Jersey, como ela os chamava, com quem Khaloufi se encontrava todas as semanas sob o pretexto de rezar ou de participar de algum culto. Mas ela suspeitava que não fosse só isso.

Talvez Khaloufi tivesse tomado conhecimento de um segredo que ele não poderia saber, por não ser, do ponto de vista deles, totalmente de confiança — quem sabe porque era casado com Woody, uma não muçulmana, e porque aceitava que os filhos não fossem criados na religião. Ou, então, talvez ele tivesse feito algo errado mesmo, alguma coisa que o qualificasse como inimigo aos olhos deles.

"Vai saber", observou Woody, "Khaloufi era uma pessoa dividida. Aos meus olhos, ele podia parecer um fanático ridiculamente careta. Ao mesmo tempo, outros fanáticos ridiculamente caretas podiam achar que ele fosse um traidor.

"Falando nisso, nos últimos tempos, eu já lhe disse, Khaloufi andava mudado. Ele tinha até decidido ir ao Brasil me encontrar; disse que queria ver meus pais e talvez viajar um pouco comigo pelo Brasil, sei lá, pegar uma praia, enquanto as crianças ainda estavam no acampamento em Vermont. Uma noite, em junho, saímos juntos como namorados, e ele chegou a ventilar a possibilidade de nos mudarmos para o Brasil. Certamente não era a minha ideia nem o meu desejo. Até então, se eu pensava em me mudar para o Brasil, era só para fugir dele."

Na verdade, essa divisão não era típica só de Khaloufi. Segundo Woody, também os pais e toda a família dele estavam suspensos, divididos entre o mundo árabe e os Estados Unidos. Khaloufi, por exemplo, queria que os filhos fossem americanos tanto quanto receava que eles se tornassem americanos, coisa que ele, Khaloufi, não conseguira ou não se permitira ser.

"É uma contradição dolorosa", disse Woody na sessão de quarta-feira. "De vez em quando, a gente lê no jornal: pai muçulmano mata a filha porque ela está obedecendo aos costumes locais e não a ele. Acontece que o cara não mata para demonstrar que tem poder de vida e morte sobre a filha nem para provar que a lei de seus antepassados está acima da lei do novo país. Ele mata a filha para abafar em si mesmo o desejo de mandar a tradição à puta que pariu, entende? Mata a filha porque a filha rebelde é ele mesmo, a parte rebelde dele, a parte que ele quer silenciar.

"Eu sentia isso em Khaloufi — e achava tocante. Ele tinha vontade de se tornar outra pessoa, mas também tinha medo de se perder se ele se tornasse outra pessoa. Khaloufi odiava a América pelas mesmas razões pelas quais a amava. Na América, ele ao mesmo tempo procurava e odiava sua própria esperança e seu próprio sonho."

Woody notava que as crianças tinham pouco interesse, se não certo desprezo pela cultura da família de Khaloufi. É que essa cultura sempre aparecera, na vida de Fátima e Ismael, como um sistema repressor, e isso, entendia Woody, não acontecia porque o islã era uma cultura com regras mais chatas do que as outras. Fátima e Ismael achavam o islã repressor porque, no fundo, Khaloufi, dividido como estava, vivia sua própria cultura como um impedimento, uma barreira contra seu desejo — ou, no mínimo, contra alguns de seus desejos. "Pensando bem", concluiu Woody, "Khaloufi deve ter sido morto justamente por isso, por ter desejos heréticos e dissidentes."

No feriado de Labor Day, Jeff me ligou e tomamos um café na Starbucks da Barnes and Noble do Lincoln Center.

Jeff queria sobretudo se certificar de que eu tinha reservado e confirmado minha viagem a Paris. A reserva estava feita, eu disse, mas menti que já tinha comprado a passagem e escrito a LeeLee. Aliás, para transformar a mentira em uma quase verdade, decidi que escreveria a LeeLee naquele mesmo dia.

E já que eu atendera (parcialmente) as exigências de sua pequena chantagem, Jeff consentiu em me dizer um pouco do que tinha descoberto — só um pouco, ele insistiu.

"Meu amigo, vou ser breve, e peço-lhe que não me pergunte nada além do que eu disser. O caso da sua paciente é delicado."

Aqui Jeff se calou e nos olhamos em silêncio, como se ele quisesse testar minha capacidade de não perguntar nada.

Jeff prosseguiu: "Eu não conhecia o colega Palmer porque ele não é bem um detetive da polícia de Nova York". Nova longa pausa. Continuei calado e Jeff retomou: "Ele costuma cuidar mais da segurança geral da nossa vasta confederação do que de eventos triviais da vida em nossos Estados, condados e cidades". Nova pausa. Pensei que Jeff podia ser bem cansativo. Tudo bem, Palmer era do FBI ou coisa parecida. Mas por que o FBI investigaria a morte de Khaloufi? Claro, não perguntei. Jeff se aproximou de mim e falou lentamente, em voz baixa: "Sua paciente tem razão, o tal grupo de Newark é responsável pela morte de Khaloufi, mas nada acontecerá porque o tal grupo está há tempos na mira das nossas autoridades supremas, e acontece que expor os culpados significaria expor também a pessoa que nos permite saber que são eles os culpados".

Jeff se calou, e não foi uma interrupção apenas momentânea. Ele achava que tinha dito tudo o que era preciso. Só restava saber se seu estilo reticente me permitira entender.

Contive a vontade de pedir que fosse mais claro. Khaloufi tinha sido assassinado pelo tal grupo de Newark, mas ninguém exporia os culpados porque com isso quem seria exposto? Um informante, só podia ser isso, alguém infiltrado. E, claro, a investigação estava nas mãos de uma agência federal porque o grupo de Newark devia ser suspeito de terrorismo ou de estar vinculado a organizações terroristas.

Fiquei com vontade de perguntar por que o grupo teria eliminado Khaloufi, mas então me lembrei do que Woody não se cansava de falar, da divisão de Khaloufi, de sua recente vontade de se mudar para o Brasil. E isto eu sabia: nas organizações terroristas não existem portas de saída. Querer sair já é trair.

"Entendi", foi meu único comentário.

Voltei para casa e escrevi a LeeLee:

Para: BruceLeeLee@copycat.fr
De: Carloantonini@aol.com
Assunto: Passando por Paris

Vou passar por Paris em outubro. Chego no sábado dia 11. Você vai estar aí? Onde te encontro?

Love, Carlo

Preferi assim, sem dizer que o propósito da minha viagem era encontrá-la. Não sei por quê, receava que LeeLee, baleada pelo encontro com Lanh ("foi como levar um tiro", ela tinha escrito no e-mail do fim de julho), preferisse me evitar, esquecer-se dele e de mim. Temia que ela se escondesse ou não quisesse me ver. Quanto menos eu disser, pensei, melhor.

Enviei. Agora era só esperar.

Acordei inquieto de madrugada, depois de um sonho. Eu estava no meu consultório e atendia vários pacientes, um por um. Só que, toda vez que um deles começava a falar, uma porta se abria e pessoas desconhecidas entravam falando entre si sem se importar comigo ou com meus pacientes.

Eu tentava mandar os invasores embora, inclusive fisicamente. Mas sem sucesso: eram numerosos demais. Para cada um que eu conseguia empurrar porta afora, entravam mais três. Na angústia desse esforço de Sísifo, eu, exasperado, pedia desculpas a meu paciente do momento, impedido de falar por causa da confusão.

Desisti de tentar conter o fluxo de pessoas, pensando que era isto mesmo: sempre atendi meus pacientes de janelas abertas para o mundo, sem querer fazer do consultório um universo à parte. "É normal", eu disse em voz alta no sonho, como que para me tranquilizar, "a rua também passa por aqui."

Acordei e me dei conta do mal-estar que eu tinha sentido e reprimido no encontro com Jeff. Havia algo errado, no fundo, na minha vontade de saber quem assassinara Khaloufi.

Minha curiosidade era legítima, claro, mas numa análise ou numa terapia qualquer informação que não venha do próprio paciente só atrapalha. É como se, de repente, o paciente tivesse que lidar com um deus onisciente ou, no mínimo, com um pai sabe-tudo.

Agora eu tinha conhecimento de algo sobre a morte de Khaloufi de que Woody apenas suspeitava. Bom, o mal estava feito, só me restava calar a boca.

Esperei o sono voltar perguntando-me que tipo de armadilha eu estava armando para mim mesmo. Palmer tinha achado anormal minha conduta com Woody. Talvez ele tivesse razão: por que eu tinha pedido a ajuda de Jeff para saber quem matara Khaloufi? Eu era o quê, afinal? Policial ou terapeuta? E Woody era o quê para mim?

Já de manhã, tive outro sonho, também inquietante. Eu estava em Paris e entrava no restaurante da rue Sainte-Croix--de-la-Brétonnerie. A sala estava deserta, a não ser por LeeLee, que me encarava sentada em cima de uma mesa no meio da sala, de microssaia e pernas abertas — difícil dizer se era a LeeLee de hoje ou a de 1976. A cena era extraordinariamente vulgar, pela posição de LeeLee, por sua expressão, por seu olhar.

LeeLee escancarava seu sexo molhado, talvez com secreções que não eram só dela, e rebolava lentamente. Com a boca e com os lábios ela fazia movimentos exagerados, que pareciam mais sugestões sexuais do que esforços fonéticos, e dizia com um tom de voz grosseiro e desaforado: "Psicanalista do caralho, o que você sabe da vida, hein? Hein?".

Acordei no terceiro "hein". Enquanto tomava um copo d'água, pensei que o segundo sonho respondia ao primeiro — em parte. Qual seria o equilíbrio correto entre o mundo lá fora e a aparente calma do consultório?

De qualquer forma, pensei, concordo com a LeeLee do

sonho: eu mesmo não confiaria num analista que circulasse só nos porões da mente, e não nos da vida.

Na primeira semana de setembro, Woody começou a pensar na decisão, que era urgente e que ela precisava tomar, entre ficar em Nova York ou se mudar para São Paulo. À primeira vista, o mais sensato, para ela e para as crianças, talvez fosse se mudar para o Brasil. Afinal, o que ela sabia realmente da violência que tinha se abatido sobre o marido? Quem matara Khaloufi e por quê? Não era óbvio que seria sábio levar as crianças para longe?

Mas Woody já tinha perdido um pouco daquela louca certeza que a levara a acusar a gangue de Newark da morte do marido. Sobrava-lhe uma suspeita, que precisava ser confirmada por uma palavra oficial e final da polícia e da justiça.

Em geral, sem essa palavra final, que aponta definitivamente o culpado, o mundo de qualquer vítima se torna inquietante, ameaçador. No caso de Woody, essa palavra estava demorando — e eu sabia por Jeff que muito provavelmente ela nunca viria.

Mesmo assim, Woody se sentia tranquila em Nova York. Isso se devia, como ela já mencionara, à presença de Rosa e, sobretudo, de seu padrasto, Tônio. Era só ele estar lá para ela se sentir protegida, como se ele fosse toda a escolta da qual ela e as crianças precisavam.

Quando Woody quis me explicar por que Tônio a aquietava dessa forma, suas palavras me arrepiaram.

"Na verdade", disse Woody, Tônio era "meio CIA. Sério: ele é totalmente CIA, só que aposentado. Quer dizer, aposentado em termos. Eu já lhe contei como minha mãe o conheceu? Foi em 1990 ou 1991, não sei bem. Eu estava em São Paulo e precisava autenticar um documento, precisava do carimbo a seco de um notário americano. Minha mãe foi comigo ao consulado, ao escritório dos serviços para cidadãos dos Estados Unidos, e Tônio estava lá. Ele trabalhava lá.

"Não se preocupe, não estou delirando. Nem todo funcionário de consulado é agente secreto. Ainda menos se for funcionário dos serviços notariais.

"Soubemos bem mais tarde que, depois de quinze anos de missões mundo afora, um belo dia Tônio tinha pedido uma sinecura e acabara em São Paulo. Mas Tônio era diferente dos outros; manejava os carimbos, mas estava na cara que ele não se encaixava na função.

"Para começar, era vietnamita de origem, e acho que em Saigon, antes de 1975, ele já trabalhava para os americanos. Barra pesadíssima. Ele passou um tempo infiltrado no Vietcongue."

Foi difícil me conter. O que era aquilo? Um curto-circuito neuronal produzido pela coabitação de LeeLee e Woody no espaço exíguo do meu cérebro no breve período de um verão (ou inverno no Brasil)? Ou a tentativa de me enlouquecer, maquinada por duas mulheres perigosíssimas? Ou ainda apenas uma coincidência incrível e estúpida, como toda coincidência?

Como assim, Tônio vietnamita? De onde? Tônio como? Como Tony Lang, que era Trung Vân Lanh? E Tônio tinha cicatrizes na testa? E tinha uma filha chamada Dung? E o drive-in da rua Diamante Preto, Woody conhecia?

Mas, se eu articulasse essas perguntas, como elas chegariam aos ouvidos de Woody?

Se Tônio, padrasto de Woody, mesmo que vietnamita, não tivesse nada a ver com o Lanh procurado por LeeLee, minhas perguntas iam parecer (e ser) delirantes.

Se Tônio fosse Trung Vân Lanh, o efeito talvez fosse ainda pior: minhas perguntas certeiras me transformariam numa espécie de adivinho inquietante, que sabia mais sobre a família dela do que ela tinha me dito e mais do que ela mesma sabia. Era a última coisa de que Woody precisava, logo ela, com sua propensão a se sentir perseguida por um complô de bandos e gangues.

Interrompi a sessão assim que me pareceu possível, com a vaga promessa que na sessão seguinte retomaríamos a questão.

Claro que para Woody retomar a questão significava voltar a discutir a alternativa entre Nova York e São Paulo, e não voltar à história de seu padrasto.

Nas sessões seguintes, cortei prontamente as considerações triviais que Woody ficava tentada a fazer na hora de comparar os méritos de Nova York e de São Paulo. Para Woody, comparar salários, segurança nas ruas, serviços era só um jeito de não encarar o seguinte: na hora de escolher entre o Brasil e os Estados Unidos, ela tinha que lidar, antes de mais nada, com o grande sonho de seu pai, do qual, ela, Woody, "a americana", era a encarnação.

Permanecer nos Estados Unidos com os filhos significava, de certa forma, realizar o desejo do pai — um desejo que ela, aliás, já tinha contrariado ao se casar com Khaloufi. Voltando ao Brasil com as crianças, muito provavelmente, ela acabaria de vez com o sonho do pai de ao menos ter uma descendência americana. Se o pai de Woody estivesse na situação da filha, podendo escolher entre voltar ao Brasil ou ficar nos Estados Unidos, ele, provavelmente, não hesitaria: escolheria os Estados Unidos.

Já Woody, a filha americana, estava em dúvida. Nisso, como ela mesma observou com sua habitual veia irônica, Woody era decididamente muito mais americana do que seus pais, "pois nada como um americano para sonhar viver fora dos Estados Unidos".

O mês de setembro passou assim, com Woody questionando a ligação de seus pais com os Estados Unidos, para chegar a uma decisão entre Nova York e São Paulo.

Sobre Tônio, o padrasto, obviamente não consegui saber mais nada. Woody apenas comentou que, para substituir o marido morto, Rosa tinha recorrido a um funcionário do governo americano envolvido na menos popular de suas guerras, a do Vietnã. Fiel ao espírito do pai de Woody, Rosa tinha escolhido um americano incondicional, no estilo "my country right or wrong", meu país, certo ou errado.

Em nenhum momento, nesse período, Woody manifestou estados de espírito que evocassem o paroxismo delirante das duas últimas sessões de julho.

O vermelho e branco nunca mais apareceram em seu vestuário — com o sacrifício, imaginei, de uma parte considerável de seu guarda-roupa. Agora ela se vestia com uma mistura discreta das cores que todo mundo usa. Woody também tinha abandonado a maquiagem bicolor, em que o vermelhão-vivo dos lábios, do blush e das unhas contrastava com a brancura espectral do pó de arroz.

Era como se o sangue que se espalhara pela camisa branca de Khaloufi tivesse sido uma dose suficiente e final de vermelho e branco. Aliás, eu não conseguia me lembrar se, quando eu a tinha encontrado no bar de Rosa, em São Paulo, ela ainda era a dama de vermelho e branco ou já era a Woody em nova versão. Seja como for, desde agosto ela não era mais o ser esquisito e contraditório que tinha aparecido em meu consultório no fim de junho. A oposição entre Tânia e Woody não existia mais; só havia uma Woody de cara lavada e um jeito quase masculino que combinava com sua maneira direta e às vezes ferina de falar.

Seria um efeito (benéfico) da morte do marido? Ou de nossas conversas? A verdade é que eu não sabia.

No fim de setembro, quando eu já começava a pensar que a viagem a Paris seria um fiasco, pois LeeLee não dava sinal de vida, eis que ela enfim respondeu ao meu e-mail:

Para: Carloantonini@aol.com
De: BruceLeeLee@copycat.fr
Assunto: Re: Passando por Paris

Você sabe onde me encontrar,
love, LeeLee

Era, para dizer o mínimo, sintético. E frio, se não gélido. Ou seja, entusiasmo zero ou, como teria dito LeeLee, Número Dez. Imaginei que a mensagem quisesse dizer que no dia da minha chegada, dia 11, um sábado, ela estaria no restaurante da rue Sainte-Croix-de-la-Brétonnerie. Mas era uma hipótese. Se não fosse a insistência de Jeff, eu teria desistido da viagem.

Também no fim de setembro, Woody começou a sair com um dos primos de Khaloufi, os mesmos que faziam ou tinham feito parte, na suposição dela, da gangue de Newark. Rab — diminutivo de Rabah — era o primo de Khaloufi com quem ela conversara na hora de acertar os detalhes do enterro.

Rab tinha aproximadamente a idade dela, ou um pouco

mais, era solteiro, e ela mesma estava achando que começava a existir entre eles um pouco mais do que amizade. Woody manifestava uma alegria prudente ao retomar o gosto por uma vida que não era mais só de luto, trabalho e crianças. Sem contar o peso da convivência um pouco sufocante com a mãe e o padrasto "na maloca", como ela agora chamava o apartamento da rua 49.

Achei surpreendente que Rab e ela não esperassem os quatro meses e meio de luto, que são obrigatórios na cultura muçulmana. Eu achava que sobretudo Rab deveria se preocupar com isso; observar o tempo de luto, que não é tão prolongado assim, era uma condição básica e óbvia para que a família de Khaloufi, a mesma do próprio Rab, aceitasse e respeitasse a nova relação da viúva. Mas Woody entendia essa pressa como a prova de que Rab não era como os outros: por amor, Rab era capaz de desafiar as tradições e sua tribo.

Também me surpreendia que Woody se relacionasse logo com alguém do grupo de Newark, do qual ela continuava desconfiando, um grupo que ela sempre dissera detestar e que, segundo Woody (e segundo Jeff e Palmer, mas isso eu não podia dizer), era responsável pela morte de Khaloufi.

Woody tentava me convencer que esse primo era diferente dos outros. Rab criticava a gangue de Newark quase tanto quanto ela. Rab não era religioso, nunca viajava para o Líbano nem para o Marrocos, ou melhor, nunca por prazer, apenas por obrigação. Rab já tinha se naturalizado americano e até tinha planos de se candidatar a entrar na polícia de Nova York. Rab adorava as crianças, queria levar Ismael para os jogos dos Rangers, quando o inverno chegasse. Rab tinha comemorado o ingresso de Fátima na equipe de natação da escola. Em suma, Rab era tudo que ela tinha esperado de Khaloufi: sem perder o que havia de bom no lado família norte-africano, ele cultivava o espírito libertário e laico americano.

Ao mesmo tempo, Woody começou a expressar novamente preocupações que pareciam excessivas — não delirantes, mas excessivas. Começou na sessão de 29 de setembro, depois de um fim de semana passado, em grande parte, na companhia de Rab. Woody estava visivelmente tensa; sentou-se sem tirar o casaco e me disse:

"Doutor, você precisa me prometer que, se acontecer alguma coisa comigo, você vai cuidar das crianças."

"Mas do que você está com medo?", perguntei.

"De nada", ela respondeu, "apenas hoje acordei pensando que alguma coisa poderia acontecer com elas."

Interpretei: "Woody, nós já falamos sobre isso. Se em algum momento você desejou a morte de Khaloufi, era justamente para que não houvesse mais conflitos entre vocês dois sobre a educação das crianças. Você queria que as crianças fossem só suas, e a saída de cena de Khaloufi foi conveniente nesse sentido. Por você ter se beneficiado com a morte de Khaloufi, não há, agora, melhor punição do que imaginar que você poderia perder seus filhos. Afinal, foi para ficar com eles que você desejou que seu marido sumisse".

Woody aceitava a ideia de que a fonte mais provável de seus pensamentos persecutórios pudesse ser ela mesma, seu sentimento de culpa. Entendia também que esse sentimento de culpa pudesse estar exacerbado por ela se aproximar de outro homem, ainda mais de um primo de Khaloufi, o que tornava a traição, de certa forma, mais grave.

Mesmo assim, continuava inquieta.

No começo de outubro, enquanto a relação de Woody com Rab se parecia cada vez mais com um namoro, havia uma questão que não me saía da cabeça, mas que eu hesitava em levantar com ela. Depois das dificuldades com Khaloufi, eu não imaginava que Woody, para namorar ou casar-se novamente, pudesse escolher um muçulmano. E imaginava menos ainda que ela fosse se aproximar de um parente do defunto marido e frequentador do mesmo grupo de reza — ou seja lá o que fosse a tal gangue de Newark. Em suma, a escolha de Woody era tão inesperada que me parecia patológica: eu receava que ela estivesse escolhendo Rab para se punir, ressuscitando um novo Khaloufi — quem sabe, vingador do primeiro.

Entretanto, toda vez que eu decidia manifestar a Woody a minha perplexidade com sua nova escolha amorosa, eu duvidava de mim.

Será que minha perplexidade não era apenas uma manifestação de ciúme? Numa terapia sempre há sentimentos em jogo, de ambos os lados. Por exemplo, eu podia estar com ciúmes da relação de Woody com Rab porque, bem ou mal, a presença de Rab me tornava menos indispensável na vida dela.

Eu precisava trocar ideias com um colega. A conversa podia ser amistosa e informal, mas tinha que ser impiedosa como uma supervisão.

No dia 10 de outubro, sexta-feira, liguei ao meio-dia para Anna, em São Paulo, e ela me cedeu seu intervalo de almoço para uma supervisão por telefone. Não tínhamos conversado desde minha volta a Nova York no fim de agosto, e, de qualquer forma, ela estava interessada em saber o que havia acontecido com Woody.

Coloquei Anna a par de tudo. Só deixei de lado minha suspeita de que o padrasto de Woody talvez fosse o vietnamita que eu tinha procurado durante minha estadia paulistana. De qualquer forma, Anna nem conhecia a história de meu encontro com LeeLee.

Quando cheguei à interpretação que estava na ponta da minha língua e pela qual eu me oporia à nova relação de Woody com Rab, Anna foi crítica: "Há uma boa chance que se trate de ciúmes. Ciúmes de terapeuta, se não ciúmes de homem, mesmo", ela disse.

Eu me defendi: "Mas por que diabos eu teria sentimentos amorosos por Woody?".

Anna perguntou: "Você se lembra quando pensou pela primeira vez em ser terapeuta? Lembra como imaginava que seria?".

"Era nos anos sessenta", respondi; "eu militava no movimento antipsiquiátrico e acreditava que nem a loucura mais severa resistiria à força dos meus nobres sentimentos."

"Seja mais explícito", pediu Anna.

"Tudo bem, eu era um acompanhante terapêutico e sonhava que um dia iria encontrar, sentada no chão do corredor de um hospital psiquiátrico, uma moça assustadoramente bela e horrorosamente louca, numa imobilidade e num silêncio absolutos, catatônicos. Eu me sentaria ao lado dela por horas e dias a fio, sem falar nada para não assustá-la, para não invadi-la com minhas palavras. Até que ela, conquistada pela minha tenacidade e fidelidade silenciosa, acabaria falando, se abrindo comigo. Me sinto um idiota de te contar isso. Satisfeita?"

"Bom", disse Anna, "no mínimo, você está com uma séria predisposição para se apaixonar por uma mulher (bonita, isso ajuda) que você acredita poder salvar da loucura. Isso sem contar que, para quem sonha em se tornar um salvador, Woody oferece vários outros atrativos: é viúva, tem filhos jovens e... quem sabe assassinos do marido ainda sedentos de sangue."

"Anna", me defendi, "eu não acho que salvei Woody da

loucura. Na verdade, não sei o que fez que, no fim de agosto, quando voltei de São Paulo, ela fosse outra mulher."

"Eu acredito, Carlo, eu acredito. Você não é nem louco de se atribuir poderes mágicos. Mas", acrescentou Anna, "Pigmalião sempre acaba se apaixonando por sua estátua ou, no caso, pela mulher que ele transformou ou que acha que transformou."

"Em suma", concluí, "você acha melhor eu guardar minha interpretação para mim, é isso? Mas você não acha que a escolha de Rab como namorado seja uma repetição, se não uma assombração?"

"Não é isso", respondeu Anna. "Posso concordar com sua interpretação. O problema não é a interpretação. O problema é você nessa história toda. A interpretação pode ser correta, mas você pode estar falando do lugar errado e por razões erradas. Por isso seria prudente você se calar. E tenho mais algumas sugestões." Anna enumerou: "1) alugue e reveja *My Fair Lady*, 2) dê uma arejada e, sobretudo, 3) veja se arruma uma mulher; você está celibatário há muito tempo".

"Sacanagem", comentei antes de mandar um beijo para Anna e desligar.

Bom, para arrumar uma mulher, eu teria que esperar mais um pouco.

Mas dar uma arejada, isso eu podia fazer. Meu voo para Paris saía naquela noite.

Antes de eu ir para o aeroporto, duas horas depois da conversa com Anna, Woody veio para a última sessão da semana.

Ela falou mais uma vez de Rab e de seu interesse crescente por ele. "Lamento, Anna", pensei. E interpretei brutalmente: "Woody, esse namoro tem toda cara de ser o jeito que você inventou de continuar sob a tutela do seu marido morto. Talvez seja uma forma de pagar pelo pecado de ter desejado a morte dele. Ou talvez seja algo pior, uma repetição descarada do que foi seu casamento com Khaloufi. Seja como for", acrescentei, usando mais ou menos as mesmas palavras que Anna tinha dirigido a mim, "veja se arruma outro homem, um homem que não seja a cópia do que morreu."

À primeira vista, Woody achou engraçado e saiu do consultório aliviada, rindo.

11 a 13 de outubro
Paris

Cheguei a Paris no fim da manhã de sábado. Deixei minha bolsa no apartamento de meu filho, perto da Bastilha, e segui a sugestão de LeeLee: fui direto para a rue Sainte-Croix-de-la--Brétonnerie.

O restaurante ainda guardava a aparência de um lugar de refeições rápidas e, pelo visto, continuava não vendendo café. Era um pouco cedo para o almoço, e a pequena sala estava deserta. O jovem vietnamita que me recebeu devia ser um funcionário; era jovem demais para ser uma das crianças de quase trinta anos atrás, os filhos da prima de LeeLee. Eu disse que não queria uma mesa e que estava lá para ver LeeLee. Acompanhei minha fala com um gesto que apontava para o andar de cima, seguido de outro gesto apontando para os fundos, de onde, se nada tinha mudado, subia a escada interna. Era um jeito de mostrar ao jovem que eu conhecia bem o lugar.

O jovem, que talvez soubesse que eu ia chegar, sorriu e me encorajou a subir. Encontrei LeeLee sentada a uma mesa de trabalho, nos antigos aposentos da família, obviamente transformados em escritório. Ela pareceu feliz em me ver, levantou--se e me abraçou forte.

"Agora, depois de todos esses anos de silêncio, vamos ser amigos de novo. E vamos nos ver sempre, ninguém mais pode sumir, o.k.?", disse ela, rindo e afastando o rosto para falar, mas sem romper o abraço.

Imediatamente, perguntou: "Vamos passear?". Estranhei, pois a LeeLee que eu conhecia teria decretado o passeio sem me consultar. Ela me pegou pela mão e descemos a escada até a rua. Ali, ela enfiou o braço no meu.

"Você mudou", observei, brincando. "Não me lembro de você passeando de braço dado comigo. Aliás, para começo de conversa, nunca vi você caminhar em linha reta." Ela riu, e avançamos lentamente pela rue Saint Antoine na direção da Bastilha.

Talvez LeeLee tenha me perguntado em que hotel eu ficaria. O fato é que mencionei que me hospedava no apartamento de meu filho, que estava viajando. LeeLee comentou que An, o filho dela, também estava viajando e... não, não era o jovem que eu tinha visto no restaurante, An era um pouco mais velho, tinha a mesma idade de meu filho.

LeeLee acrescentou imediatamente que ela me era muito grata; graças a mim, seu tio morreria feliz sabendo que ela tinha encontrado Lanh e feito as pazes com o passado.

"Mas, acima de tudo", continuou, "te agradeço porque An, o meu filho, poderá viver tranquilo. Isso é Número Um e é o resultado mais importante das nossas correrias em São Paulo."

"Como assim, viver tranquilo?", perguntei.

"Passei a vida toda numa missão", explicou LeeLee, "sempre com a impressão de que tinha uma grande missão para realizar. Não podia morrer sem cumpri-la. E nem sei direito quem me deu essa incumbência. Nem minha mãe nem meu pai agonizantes me pediram para vingá-los. Não é preciso que alguém nos diga. A gente recebe missões sem que ninguém mande.

"Tudo bem, procurar Lanh acabou sendo uma ocupação interessante: durante anos falei e me correspondi com muita gente, escutei muitas histórias. Isso valeu a pena. Mas era sempre como se a minha vida só pudesse começar de verdade depois que eu encontrasse Lanh. Por exemplo, eu poderia ter me casado com você, estava apaixonada, acho que a gente iria se divertir, teríamos filhos, já pensou?"

"Você está brincando comigo", eu disse.

"Nem um pouco. Sabe, quando fui para Bruxelas e rompi com você, sofri muito. Eu não mostro, mostrar dor não é comigo, mas sofri muito."

A LeeLee que eu conhecera em 1975 e reencontrara em agosto poderia amar e sofrer, claro, mas jamais falaria assim, jamais expressaria seu amor e seu sofrimento.

LeeLee continuou como se tivesse ouvido minha reflexão:

"Esse é o tipo de coisa que posso dizer só agora, agora que minha missão acabou. Naquela época, o que importava era encontrar Lanh, por isso me separei de você. Você ia atrapalhar a missão. Não que você se oporia, nada disso, mas você poderia se tornar mais importante para mim do que a busca de Lanh. E eu queria viver sem permitir que nada na minha vida fosse mais importante do que achar Lanh."

"Mas você teve um filho, não teve?", objetei.

"Tive, e foi totalmente Número Um. An é a festa da minha vida. Só que, justamente, tive um filho sem pai. Eu não queria um relacionamento. No fundo, acho que me permiti um filho para ter a quem repassar minha missão caso eu falhasse. Tive um filho para que pudesse herdar minhas ideias de vingança. Por isso é que eu te agradeço, por mim e por ele. Com a sua ajuda, libertei a mim e a meu filho também, que agora não precisa nem saber quem foi Lanh."

Estendi o braço direito sobre os ombros de LeeLee para que ela se encaixasse em mim e ficássemos mais próximos enquanto caminhávamos. Já estávamos cruzando a rue Saint Paul.

"LeeLee, tem uma coisa que quero te perguntar."

"Já sei", ela respondeu. "Você quer saber como foi o encontro com Lanh. É por isso que está aqui, não é?"

Fiquei em silêncio e ela continuou: "Eu queria vê-lo e confrontá-lo. Eu estava armada, você sabia?".

"Eu soube depois."

"Estava armada. Nunca planejei atirar nele, mas quis estar armada, sei lá, para me defender caso ele tivesse uma reação violenta. Que absurdo, não aconteceu nada disso. Quando Lanh me reconheceu, ele riu, saiu correndo da cabine e me abraçou. Queria que a gente fosse festejar — brindar à vida, ele disse. Eu não quis; só queria falar, entender, e ele concordou em ir comigo para um daqueles boxes que você conhece. Deixou a menina cuidando do caixa, não a filha dele, mas aquela moça brasileira, e nós dois ficamos conversando longamente no meu carro, dentro de um daqueles boxes.

"No fim, eu não tinha mais nenhum desejo de vingança dentro de mim. Só sentia consternação e um certo horror de mim mesma, pelos sentimentos que me dominaram durante trinta anos e que não tinham nada a ver com nada. Acho que ele quis ajudar a gente a fugir, e ele mesmo tinha que fugir. Você sabe, ele trabalhava para os americanos. Tinha até sido infiltrado no Vietcongue."

Aqui o olhar de LeeLee embaciou, como se estivesse revendo o que me descrevia: "Quando os soldados do Norte chegaram, a gente estava passando a noite numa aldeia. Meus pais estavam dormindo numa casa, enquanto eu e Lanh tínhamos nos embrenhado no mato para transar. Eu não me lembrava disso, não é assim que eu me lembrava, mas foi, sim, foi para transar.

"Engraçado, ele falava e, de repente, tudo parecia claro, eu me lembrava perfeitamente, só que nada tinha acontecido do jeito que eu achava. Ele não tinha nenhuma fixação em mim. Nem queria transar comigo. Ainda menos queria deixar Dung dormindo sozinha. Mas eu insisti. Insisti. Insisti.

"Acho que ele veio comigo para que eu não acordasse todo mundo com a minha insistência. Sei que eu o puxei pela mão para fora da aldeia.

"Foi por isso que ele se salvou, e eu com ele. Estávamos escondidos nas árvores quando ouvimos e vimos os soldados entrando na aldeia procurando fugitivos, e não havia nada que a gente pudesse fazer. Dung, a filha dele, ficou calada, paralisada de medo, e os soldados acharam que ela fosse uma menina da aldeia; por isso foi poupada. Mas levaram meus pais a empurrões e pontapés. Eles gritavam. Acho que gritavam daquele jeito para que eu ouvisse e ficasse escondida. Sei lá onde eles imaginavam que eu estivesse".

LeeLee pareceu acordar, voltar ao presente, e olhou para mim: "Não sei de onde tirei a sensação de que ele tinha traído meus pais por dinheiro ou só para poder trepar à vontade comigo. Mas não cola: eu estava com ele naquela noite, escondida dos meus pais e meio contra a vontade dele.

"Também pensei que eu tivesse transado com Lanh para que ele nos tratasse melhor. Tipo assim: se eu fosse amante dele, ele se esforçaria mais para levar a gente até um navio. Mas isso também não cola. Não entendo, eu olhava para ele lá no boxe do drive-in e sabia, juro que sabia, que eu nunca tinha realmente gostado dele. Não estava apaixonada", e agora o tom foi de zombaria, "nenhuma love story, viu? Por que será que eu quis transar com ele?".

LeeLee parou, me empurrou contra o muro do Hôtel de Sully e me disse, olho no olho mas sem solenidade:

"A morte estava tão próxima. O meu mundo estava indo ralo abaixo. Acho que eu precisava transar para me sentir viva. Filosofia Número Dez, hein?

"Em Guam, ele sumiu, fugiu de mim, mas me ajudou de longe. Se eu consegui chegar a Paris tão rápido, não foi só por causa do meu tio, que já estava aqui desde os anos cinquenta.

"Que mais posso lhe dizer, Carlo querido? Lanh ficou na minha lembrança como o cara que matou meus pais para me foder. Na verdade, era o cara com quem eu transava nos bosques enquanto meus pais eram arrastados na lama a coronhadas. Era mais cômodo pensar que eu não estava transando por prazer, que estava sendo estuprada pelo lobo mau. Número Dez, hein? Toda essa história é Número Dez, Doze, Catorze, Vinte. Nunca dei um Vinte para nada. Mas essa história merece, é a pior até aqui. Que loucura, Carlo. Passei a vida querendo me vingar de uma violência que não existiu."

Ficamos sentados longamente num café quase na esquina da rue Castex com a rue Saint Antoine. Não falávamos, eu apenas acariciava a mão de LeeLee, de leve. Havia o cheiro forte de café, o cheiro de queijo tostado na preparação dos *croque- -monsieur* para o almoço e o cheiro da serragem que o garçom espalhava no chão, por causa da previsão da chuva, que não veio. Senti saudade de Paris, saudade de outra vida que poderia ter sido a minha se tivesse permanecido ali, no bairro — com LeeLee, quem sabe.

Voltamos juntos ao restaurante da rue Sainte-Croix-de- -la-Brétonnerie e nos despedimos sem dizer nada, com um beijo suave, no canto dos lábios.

Como previsto, na noite de 13 de outubro, embarquei de volta para Nova York. Até lá, não revi LeeLee. Só caminhei por Paris, tentando repercorrer os caminhos de quando, no passado, eu havia mostrado a cidade à minha agitada refugiada vietnamita.

14 a 16 de outubro
Nova York

A noite, no avião, foi péssima. E meu sono, nos dias anteriores, não fora muito melhor.

Com muito esforço atendi os pacientes da tarde de terça--feira, dia 14. Fui para a cama cedo, decidido a descansar, mas sem sucesso. A noite foi péssima e cansativa, de novo, numa espécie de continuação dos últimos dias.

Sonhei que caminhava pelas ruas de Paris na tentativa de reconstruir ou reviver cenas que me pareciam sempre imperfeitas. Eram reencenações de lembranças, das quais eu participava com a consciência desconfortável e frustrante de que havia algo que deveria ter acontecido e não acontecera, algo que eu deveria ter feito e não fizera ou que eu deveria ter visto e não vira.

Numa dessas reencenações, a última antes de eu acordar e a única que ficou clara na memória, eu estava no restaurante Goldenberg, na rue des Rosiers, e era o dia do atentado de agosto de 1982. Eu estava comprando especialidades e não via, ou melhor, eu sabia que não estava vendo os homens armados que, umas duas horas depois, iriam matar seis pessoas e ferir não sei quantas outras. Eu deveria e poderia ter visto, mas não vi. Se tivesse visto, quem sabe eu poderia ter alertado os clientes e as pessoas na rua ou mesmo chamado a polícia.

Na verdade, naquela manhã de 1982, uma hora antes do ataque, eu fizera mesmo compras no restaurante Goldenberg: taramá, peixes defumados, pescoço de ganso, como de costume. Eu morava muito perto da rue des Rosiers.

Acordei com a sensação de que minha experiência cotidiana era perigosamente desleixada, negligente, insuficiente. Saí da cama cantarolando uma admonição misteriosa, que se transformou na trilha sonora do meu banho e do meu café: "Você não está enxergando; está vendo, mas não está enxergando" — no ritmo da Habanera de "Carmen", de Bizet.

Chegou o dia da apresentação na Academia de Polícia. Jeff falou primeiro, contrapondo o que é verídico (de acordo com os fatos) ao que é verdadeiro (de acordo, como ele disse, com o que o indivíduo pensa e sente consciente ou inconscientemente). Com base nessa distinção, ele explicou que há relatos que, para serem verdadeiros, deixam de ser verídicos. E as lembranças, em particular, tendem a ser mais verdadeiras do que verídicas.

A plateia se mostrava atenta e interessada.

A seguir, expus alguns exemplos de falsas memórias reconstruídas e, usando os termos de Jeff, expliquei como alguns tribunais tinham sido seduzidos por acusações que talvez fossem verdadeiras, mas que certamente não eram verídicas.

Depois do debate e de uma cerveja ou duas com os cadetes que quiseram prolongar a conversa, decidimos voltar a pé. Íamos para a mesma direção: subiríamos a Oitava Avenida da rua 20 até o Central Park ou quase.

Jeff estava esperando esse momento: "Então, meu caro amigo, vamos às aplicações práticas das nossas conferências. O que aconteceu às margens do rio Sena? Por favor, não poupe nenhum detalhe".

"Não vai ser tão fácil assim, não", brinquei. "Você terá que retribuir."

"Meu Deus, então estou perdido", disse Jeff, também gracejando. "A curiosidade e a gula são meus pecados capitais. Por causa deles passarei longos e penosos momentos no purgatório."

"Se for assim", sugeri, "vamos até meu apartamento. Tenho justamente uma garrafa gelada de Johnny Walker Gold e umas trufas da Maison du Chocolat, frescas, de hoje."

Quando já estávamos confortavelmente instalados, Jeff, com sua primeira trufa e seu primeiro gole de Gold Label ainda na boca, disse: "Pergunte logo, enquanto duram meu prazer e minha gratidão".

Fui direto: "Você conseguiu ter uma ideia mais precisa do que é essa gangue de Newark?".

Jeff foi burocrático: "É um grupo de amigos e parentes que rezam, conversam da Sunah e do Hadith e arrecadam fundos na comunidade muçulmana de New Jersey, supostamente para causas caritativas e escolas religiosas. Mas o fato é que parte do dinheiro vai para contas com ligações perturbadoras".

"A quantas perguntas eu tenho direito?", eu quis saber.

"Quantas trufas tem na caixinha da Maison du Chocolat?", perguntou Jeff. Mas logo voltou a falar sério: "Você tem direito a perguntas infinitas, Carlo. Quanto a respostas, já não sei. Vamos lá, atire".

"Por que diabos eles mataram Khaloufi?"

"Meu saber, aqui, não se prevalece de informações muito mais detalhadas ou comprovadas do que as suas, meu caro amigo. Suponho que ele tenha sido morto porque foi conquistado por Woody, a charmosa mulher com quem Khaloufi se casou e que é sua paciente."

"Como assim?", perguntei, achando que Jeff estivesse me revelando algum novo elemento da história.

Mas não era nada disso. "Você mesmo me relatou", ele prosseguiu, "que ultimamente, de acordo com Woody, Khaloufi estava considerando a possibilidade de se mudar para o Brasil, não é? E que ele estava se reconciliando com a educação e os costumes americanos de seus rebentos. Está lembrado?"

"Estou, sim", eu disse.

Jeff continuou: "Carlo, desde o Onze de Setembro, nós, na polícia, não paramos de nos debruçar sobre estudos, recentes e antigos, medíocres ou inteligentes, a respeito da alma do terrorista. Imagino que você também tenha tido, se não a obrigação, pelo menos a curiosidade de conhecer as especulações de seus estimados colegas sobre a incômoda, detestável e, sobretudo, trágica figura do terrorista".

"Sim", confirmei, "leio o essencial do que se publica sobre a alma do terrorista. E leio a imprensa religiosamente, o que me ajuda a formar minha opinião, que nem sempre coincide com a dos colegas que estão se especializando no assunto."

"Então", perguntou Jeff, "qual é, na sua opinião, o âmago do terrorista?"

"Uma coisa eu aprendi", respondi sem hesitar. "Aliás, é uma coisa que todos deveríamos ter aprendido: o terrorista nunca é o fanático perfeitamente identificado com suas próprias crenças. O que produz um terrorista não é a adesão total e incondicional a uma doutrina ou a uma religião. O que produz um terrorista é o conflito interno, a divisão. Nós, que não temos nada a ver com isso, levamos chumbo só por estar no meio de um fogo cruzado que é íntimo. É como se nossas mortes e feridas fossem efeitos colaterais de um conflito íntimo cuja solução lógica é o suicídio.

"Mais ou menos assim: estou a fim de mandar o imame à puta que o pariu e me perder na América e na Europa satânicas? Bomba em mim, portanto. E quanto aos transeuntes acidentais que vou levar comigo, não é o caso de chorar: eles também não devem ser muito melhores do que eu.

"Em suma, de tudo que li sobre os terroristas, só sobra isto: uma trágica ambivalência. Você sabe, aqueles dezenove diretamente responsáveis pelos ataques do Onze de Setembro, sempre tenho vontade de chamá-los de "coitados" — aqueles dezenove coitados, costumo dizer. É que nunca me pareceram ser entusiastas decididos a levar destruição e morte a inimigos totalmente diferentes deles. Sempre os vi como suicidas decididos a se matar para calar sua própria vontade de ser devorados pelo Ocidente."

Jeff, já na sua sexta ou sétima trufa e no terceiro ou quarto Gold Label, abriu os braços: "Mais uma vez concordamos, meu caro amigo. Não vejo o que eu poderia acrescentar à sua eloquente exposição. Ou talvez só isto: que, para uma organização terrorista, é na divisão, é na tormenta do drama interior que se comprova a fidelidade do adepto. Woody lhe disse que Khaloufi começava a gostar de sua pequena família. Imaginemos que ele tivesse parado de arrebentar a própria alma com unhas e dentes, que tivesse encontrado certa tranquilidade de espírito na paz de seu lar. Pois bem, só por isso ele já pareceria um traidor em potencial".

Não disse nada a Jeff sobre o relacionamento de Woody com Rab. Também não disse nada sobre minha suspeita e já quase convicção de que o Lanh de LeeLee fosse Tônio, o padrasto de Woody. No fundo, era apenas um detalhe singular da minha história. É minha punição ou meu prêmio (depende do caso, pensei) por ter viajado tanto e por ser terapeuta há trinta anos: vidas estrangeiras uma à outra acabam se cruzando em mim ou por mim. Besteira, também pensei: o Gold devia estar fazendo efeito.

Contei detalhadamente a Jeff, como prometido, meu encontro com LeeLee, embora tentando esconder o tamanho de minha comoção e de minha nostalgia de outra vida possível e perdida, andando pelas ruas de Paris.

Mas não era necessário esconder nada dele. Jeff era capaz de uma grande delicadeza. Escutou em silêncio e respeitosamente, sem deixar que o interesse pela confirmação de nossas teorias atropelasse o drama de LeeLee, que dedicara a vida a uma missão sem fundamento, ou encobrisse a óbvia tristeza que eu sentia por não ter vivido uma vida que eu nunca pensara ser possível e que, portanto, nunca até então me parecera perdida. Era isto mesmo: eu só podia mesmo chorar a perda de LeeLee agora, ao saber que ela poderia ter sido minha, e eu dela.

As trufas tinham acabado. E a garrafa de Gold Label caminhava para isso.

Jeff se levantou e disse que era hora de decretar o fim da nossa noite.

No dia seguinte, acordei com o telefone tocando e com uma leve ressaca. Era Pedro, que acabava de chegar a Nova York. Ia ficar dois dias antes de voltar a São Paulo e depois de ter passado uma semana em Frankfurt, na Feira do Livro. Ele estava com almoços e jantares de trabalho agendados em Nova York, mas tinha aquela noite livre. Marcamos de nos encontrar para jantar, perto do meu consultório, num pequeno restaurante italiano da Oitava Avenida.

À noite, quase no fim de uma garrafa de Lagrein, um vinho do Alto Adige que está entre os nossos preferidos, contei a

Pedro que Anna tinha concluído uma conversa sobre um dos meus casos cabeludos com o seguinte conselho: "Veja se arruma uma mulher".

Pedro achou que seria uma ideia ainda melhor arrumar mais de uma, várias.

"Sério", eu disse, "Anna acha que estou ficando carente. Não sei se ela tem razão, mas, de qualquer forma, eu me conheço um pouco: só saio da carência quando alguém se torna absolutamente essencial para mim."

"Legal", ironizou Pedro, "o único problema é que, nesses casos, você também se torna essencial para esse alguém."

"Claro, e qual o problema?"

Naquele ano, o tema da Feira de Frankfurt tinha sido a Rússia, e Pedro exemplificou: "O problema é que ser essencial para alguém pode ser muito chato. Você queria ser o conde Vronski, se Anna Karenina pudesse usar um telefone celular?".

Era engraçado, mas Pedro não tinha acabado ainda: "Além disso, o prazer de ser absolutamente essencial para alguém não lembra nada ao meu amigo psicanalista?".

Recitamos em coro: "*L'amore della Mamma!...*".

17 de outubro a
29 de novembro
Nova York

No dia 17, Woody chegou à sessão radiante e quase maníaca:

"A gente conversou bastante durante o fim de semana e continuamos conversando todas as noites", ela disse.

"A gente quem?", perguntei.

"Minha mãe, Tônio, as crianças e eu. A decisão está tomada: todo mundo vai se mudar para o Brasil. Quer dizer, as crianças e eu vamos nos mudar; meu padrasto e a minha mãe vão apenas voltar para casa.

"Já estava na hora, Rosa e Tônio não poderiam ficar indefinidamente aqui. Quer dizer, poder eles poderiam, os dois são casados de papel passado e Tônio é cidadão americano. Mas a vida deles é em São Paulo: as propriedades, os comércios, sem contar a filha de Tônio, que nunca casou, mora em São Paulo e ainda depende do pai."

A menção à filha de Tônio não foi uma surpresa. Claro, fiquei com vontade de perguntar se a filha de Tônio se chamava Dung, mas desta vez não foi difícil me conter. Para mim, era óbvio e quase certo que Tônio era Lanh.

Woody já passara a outro tópico, o das crianças, que, com a perspectiva de morar com os avós ou perto deles, estavam encarando a mudança com a maior alegria. Ainda não estava decidido se, em São Paulo, elas estudariam numa escola americana ou brasileira. Mas isso era um detalhe.

Quanto a Woody, ela já tinha completado os créditos do mestrado, inclusive os dos estágios. Não seria difícil revalidar seus diplomas. Se tivesse que fazer alguns cursos suplementares, seria até bom — um jeito de se reintegrar.

Deixei que ela enumerasse os problemas práticos da mudança e da adaptação no Brasil e expusesse, para cada um deles, a solução encontrada, que, na verdade, nunca era muito complicada. Casa, por exemplo, já havia — uma propriedade de Rosa que estava vazia desde junho.

"E Rab?", perguntei no fim da segunda sessão depois do anúncio da mudança, surpreso de que ele não fosse sequer mencionado.

Como se eu evocasse um capítulo mais que encerrado, Woody respondeu: "Ele caiu fora. Cheguei a lhe propor que fosse conosco para o Brasil, mas ele caiu fora. Cá entre nós, foi um alívio. Ir para o Brasil com alguém tão diferente e que nem fala português ia ser uma complicação desnecessária. Não foi uma grande dor, viu? Não sei direito o que eu via nele". E nunca mais ela voltou a falar no assunto.

A observação com a qual eu tinha me despedido de Woody no dia de minha ida para Paris, por mais que fosse aventurosa e contrária à sugestão de Anna, tinha sido, afinal, certeira: Rab fora mesmo, para Woody, um substituto do marido morto, e a relação com ele constituíra um jeito doentio de ela seguir se atormentando com os mesmos conflitos que vivera com Khaloufi. Difícil pensar diferente, visto que, uma vez isso explicitado e dito, Rab evaporara.

178

Enfim, os preparativos para a volta ao Brasil ocupavam cada vez mais o tempo de Woody e, sobretudo, monopolizavam sua atenção. Passamos a nos encontrar com menos frequência.

Houve uma sessão, no começo de novembro, em que Woody voltou a considerar o fato de que sua mudança contrariava as esperanças americanas do pai.

A questão já tinha sido debatida em setembro, e Woody resumiu: "Está na hora de eu viver a minha vida, e não os sonhos dele, você não acha?".

"Acho", respondi sem hesitar.

Ao longo daquele mês, da metade de outubro à metade de novembro, nunca falei coisa alguma que pudesse afastar Woody da decisão tomada. Nenhuma manifestação birrenta do terapeuta lamentando que, para a paciente, a terapia estivesse se tornando menos importante do que a vida real. Desta vez, Anna ficaria orgulhosa de mim.

Mas eu não tinha mérito nenhum: o desejo de Woody falava alto e claro. Só me restava ouvi-lo e reconhecê-lo.

Enfim, em 21 de novembro, uma sexta-feira, Woody me agradeceu por tudo e disse adeus. Eles viajariam no sábado, dia 29, logo após o dia de Ação de Graças.

"Vai ser uma festa para agradecer tudo o que a América nos deu, a meus pais, a meu padrasto, a mim, a meus filhos. Depois disso, lá vamos nós. Doc, você me ajudou muito", ela disse.

Pensei que talvez eu tivesse mesmo ajudado Woody, mas sem saber nem como nem no quê.

Nos despedimos com um aperto de mão. Ela chamou o elevador, e fiquei esperando, parado na porta do consultório, com um sorriso que durou tempo demais para parecer natural. Quando o elevador estava quase chegando ao meu andar,

Woody voltou depressa até a porta do consultório, encostou o rosto no meu, me deu um beijo na bochecha e se foi.

Fiquei enternecido e um pouco triste. Uma renovação é sempre comovedora; no caso, eu sentia uma mistura de orgulho, preocupação e dor da separação, algo parecido, talvez, com o que os pais sentem quando os filhos saem andando pelo mundo pela primeira vez.

Na mesma noite do dia em que nos despedimos, sonhei com Woody. Estávamos num carro, eu dirigindo e ela ao meu lado, entrando no drive-in da rua Diamante Preto. Ela usava um vestido vermelho absurdamente curto e decotado. "Roupa de puta", pensei no sonho. Também no sonho notei que aquele vermelho não tinha nada a ver com o vermelho e branco de quando ela tinha chegado ao meu consultório. Na maquiagem de Woody também não havia aquele pó de arroz espectral. Eu estava envergonhadíssimo, antevendo o que logo aconteceria. Parei o carro ao lado da cabine do drive-in, e Lanh estava lá dentro. Woody me acariciava e me lambia o pescoço enquanto eu gaguejava tentando pedir um boxe de luxo com suíte. Lanh parecia ao mesmo tempo aprovar e achar graça na minha vergonha: "Tudo bem, podem ir, podem ir". Senti um alívio e acordei.

Enquanto tomava meu primeiro café do dia, pensei que Anna talvez estivesse certa: Woody fora mesmo um pouco especial para mim. O detetive Palmer tinha observado a mesma coisa.

Mas o sonho expressava sobretudo minha esperança de que, de uma maneira ou de outra, Woody me levasse até seu padrasto. Pensei: "Vamos imaginar que Tônio seja Lanh, o mesmo homem que LeeLee procurou a vida toda. Se eu pudesse encontrá-lo, seria para conversar o quê? Eu lhe perguntaria o quê?".

O dia seguinte ao de Ação de Graças foi um dia muito úmido e inesperadamente ameno para a estação. No fim da manhã, entrei na Starbucks da praça do World Wide Plaza e esbarrei em Rosa, que também acabava de chegar. Surpreendente isso não ter acontecido antes, já que a praça fica entre a rua 49 e a rua 50, no quarteirão limitado pela Oitava e pela Nona Avenida, ou seja, exatamente entre meu consultório e o apartamento de Woody.

Nos cumprimentamos calorosamente.

"Então, tudo pronto para o grande dia amanhã?", perguntei.

"Claro que não", disse Rosa, rindo, tão radiante quanto Woody com a decisão de voltar ao Brasil. "Ainda estamos correndo para fechar as malas. Mas não é nenhum estresse excessivo. Woody vai manter o apartamento aqui, caso a Fátima ou o Ismael queiram voltar um dia, ou até ela mesma."

Estávamos quase nos despedindo quando ela olhou por cima dos meus ombros, na direção da porta do café, e disse: "Lá vem o Tônio". E para ele: "E aí, homem, caiu da cama? Isso é hora de tomar seu primeiro café, enquanto Woody e eu corremos de lá pra cá preparando a viagem?".

Preferi me virar lentamente, como para atenuar a surpresa que viria — e viria, aliás, para o bem ou para o mal, fosse ele Lanh ou não.

Tônio era sem dúvida vietnamita, aparentava sessenta e poucos anos, tinha estatura mediana e era magro, seco, mas sem nenhuma aparência de fragilidade. O rosto era marcado por rugas, mas seus olhos eram juvenis, ainda mais naquele momento de cumplicidade jocosa provocado pelas palavras de Rosa. Os cabelos ainda pretos, com poucos fios brancos, estavam penteados para trás de forma a deixar bem visível um galão de cicatrizes, hasteado na testa como uma bandeira.

Embora eu estivesse preparado, a surpresa foi grande, e

Tônio notou minha reação. As fendas de seus olhos se fecharam um pouco enquanto ele focava meu rosto, tentando me reconhecer, uma vez que eu parecia conhecê-lo.

Rosa não percebeu nada, fez as apresentações e se encaminhou para a fila do caixa, encorajando-nos a ocupar uma mesa antes que não houvesse mais lugar.

"Para você eu já sei, querido, café duplo. E você, Carlo?"

Pedi um cappuccino, sem me oferecer para ajudar. Não queria perder a oportunidade de ficar uns minutos a sós com Tônio.

Assim que Rosa se afastou, ele perguntou: "Nós já nos conhecemos?".

"Sim e não. Eu conheço você, mas você não me conhece."

Péssimo começo: as fendas dos olhos de Tônio se fecharam mais um pouco, a curiosidade dando lugar à desconfiança. Queria tranquilizá-lo e convencê-lo a se encontrar comigo antes de eles viajarem.

"Linh", eu disse, imaginando que o apelido LeeLee não significasse nada para ele e usando o nome verdadeiro de LeeLee como se fosse uma senha. "Eu estava com Linh em São Paulo e a ajudei a encontrar você no drive-in da rua Diamante Preto."

Nos olhos de Tônio, a desconfiança foi substituída por uma curiosidade divertida.

"Incrível", ele disse. "Você, o terapeuta de Woody, é o amigo de Linh... Ela me falou de você, o namorado dela em Paris, em 1976."

Eu não disse nada, apenas sorri e sacudi a cabeça para concordar sobre a estranheza da situação. Nós dois olhamos para Rosa, que já estava no caixa, pagando.

"Meu consultório é aqui perto." Empurrei discretamente meu cartão na direção de Tônio, que o fez sumir no bolso. "Hoje é sexta-feira, acabo cedo, às quatro da tarde. Depois disso, estou livre. Vocês viajam amanhã, não é?"

Rosa já estava com os nossos cafés, mas parou para pegar guardanapos, adoçante e açúcar.

"Irei às quatro e meia", disse Tônio, que parecia se divertir com a situação.

"Pelo jeito, vocês dois já fizeram amizade", brincou Rosa, abrindo um grande sorriso, enquanto colocava na mesa a bandeja com os nossos pedidos.

Terminei de atender às quatro e quinze, e Tônio chegou um pouco antes das quatro e meia com o mesmo sorriso divertido do fim do nosso encontro da manhã.

Sentamos no consultório. Ele avisou que tínhamos pouquíssimo tempo. Afinal, era a última noite antes de todos eles voltarem ao Brasil. Rosa e Woody contavam com o homem da casa para fechar as malas.

Fazia todo sentido, mas essa declaração deixava claro que Tônio não pretendia me perguntar nada; a vontade de entender melhor aquela história ficaria por minha conta. Talvez incomodado e também tentando fazer o melhor uso possível do pouco tempo que tínhamos, perguntei sem preâmbulos, surpreendendo-me com minha agressividade: "Então, qual é o seu palpite sobre a morte de Khaloufi?".

Tônio não pareceu ofendido com os meus modos diretos e quase inquisitórios. Permaneceu algum tempo em silêncio, como se precisasse me avaliar ou avaliar a situação para decidir se ia ou não responder. Nesse processo, sua expressão endureceu. Por fim, falou no tom monocórdio de um boletim informativo:

"Há uma coisa que você não sabe. Em junho, Khaloufi me

telefonou. Disse que precisava muito conversar comigo uma coisa importante e confidencial — nem Woody sabia que ele estava me ligando, disse. Ele achava melhor assim.

"Perguntei se ele queria que eu viesse a Nova York para conversarmos. Khaloufi repetiu que o assunto era importante e sigiloso, mas acrescentou que não era muito urgente. Sugeri que ele fosse a São Paulo, com Woody, no fim de julho. Ele achou a ideia ótima, disse que era o pretexto ideal, férias em família, ninguém suspeitaria de nada. Por telefone, preferi não perguntar quem ia suspeitar do quê, caso ele não tivesse um pretexto para viajar."

A conclusão de Tônio, irônica, destoou do tom que ele vinha usando: "Pelo jeito, nossa conversa era mais urgente do que ele pensava e também menos sigilosa do que ele desejava".

Tônio notou minha surpresa e acrescentou, voltando ao tom anterior: "Eu não gostava dele. Nunca gostei. Assim como ele também não gostava de mim. Não éramos amigos".

Sem querer, continuei no mesmo estilo inquisitório da minha pergunta inicial: "Mas por que ele queria conversar com você? Você agora sabe de que se tratava? Tem uma ideia?".

Talvez Tônio apreciasse esse tom direto, que reduzia a conversa ao essencial. Ou talvez ele tivesse simplesmente decidido ser paciente comigo e responder às minhas perguntas em consideração a LeeLee ou a Woody, que deviam ter manifestado alguma simpatia por mim.

Seja como for, percebi que ele estava se cansando da nossa conversa. "Só existe uma razão para que Khaloufi quisesse conversar comigo — e sigilosamente", replicou, como um adulto enfastiado por ter que explicar pela enésima vez a mesma lição a uma criança avoada. "Em casa", continuou, "todo mundo suspeita ou sabe, ou acha que sabe, que eu fui ligado à CIA. Aliás, todos pensam que, no fundo, ainda sou e sempre serei. Woody pensa isso e Khaloufi pensava a mesma coisa, sem dúvida.

"Imagino, portanto, que ele quisesse me revelar alguma informação que, segundo ele, poderia interessar à segurança nacional. Khaloufi fazia parte de um grupo que Woody chama de A gangue de Newark; há centenas, se não milhares, de grupos assim espalhados pelo país e pelo mundo. Alguns só falam, outros de vez em quando planejam operações e agem por conta própria ou a mando de outras organizações.

"É possível que Khaloufi apreciasse a companhia e o clima geral do grupo, mas tenha se apavorado com algum plano. Talvez ficasse deleitado com conversas entre amigos sobre o grande Satã americano, mas achasse intolerável, por exemplo, alguém querer colocar uma bomba na Estátua da Liberdade bem no horário das visitas escolares.

"É uma situação difícil: como impedir esse tipo de operação terrorista sem entregar todos seus amigos, ou seja, sem traí-los?

"Quem está enfrentando esse tipo de conflito normalmente procura fazer sua denúncia a alguém 'de confiança'." Tônio desenhou aspas no ar, como Woody fazia com frequência.

"É comum que isso aconteça", concluiu Tônio com um cansaço evidente e crescente, "mas, claro, nunca funciona: é quase impossível intervir cirurgicamente para deter uma operação sem demolir o grupo que a planejou. Enfim, o que importa é que, se a inquietude de Khaloufi vazou, ele só podia ser eliminado."

Talvez, pensei, Khaloufi tivesse confiado num amigo que era menos amigo do que ele imaginava. Talvez tivesse se traído por um gesto, por uma entonação. Ou talvez tivesse telefonado para Tônio de um lugar monitorado por seus colegas.

"Então você acha que os amigos de Khaloufi o silenciaram, digamos assim, preventivamente?", perguntei.

"Sim."

"E por que eles não estão presos? O que acontece que a polícia não os prende?", perguntei, embora Jeff já me tivesse dado essa resposta.

De novo no tom de um adulto enfastiado, Tônio ofereceu uma conjetura que confirmava a resposta de Jeff: "Há circunstâncias em que é conveniente que um grupo de subversivos não seja desmantelado. Se o grupo estiver bem infiltrado, as informações futuras que podem vir dali são mais interessantes do que a prisão imediata de todos".

Lembrei-me de como eu tinha estranhado aquela palavra, "subversivos", na boca de Rosa. Bom, agora eu sabia de onde ela vinha.

Percebi que meu crédito estava acabando. Era normal que isso acontecesse. Desde o começo de nossa conversa eu estava enchendo linguiça, fazendo perguntas já respondidas por mim ou por outros. Talvez porque no fundo eu quisesse apenas ouvir a voz de Lanh, tornar concreta sua figura, que, para mim, surgira inicialmente nas lembranças brumosas e incertas de LeeLee.

Se eu não quisesse que nosso encontro acabasse naquele momento, precisava fazer uma pergunta específica para Tônio, que se destinasse realmente a ele e, além disso, me interessasse de verdade.

"Tenho uma dificuldade", eu disse. "Imagino — muito mais do que conheço — sua história até a chegada ao Brasil. Mesmo assim, não consigo conciliar essa história com a do gerente e dono do drive-in da rua Diamante Preto."

Tônio, dessa vez, pareceu se animar, riu abertamente e pediu que eu falasse mais.

"É um pequeno enigma", continuei, sem rir, mas compartilhando o tom jocoso. "Tem um lado, sei lá, um pouco 'sórdido' em estar à frente de um drive-in", eu disse, desenhando as aspas no ar como Woody e ele faziam.

"E esse lado não combina muito bem com a ideia de anos de serviços prestados à nação — mesmo que esses serviços fossem ocultos e um pouco subterrâneos", brinquei.

Tônio pareceu entender a pergunta e gostou de poder responder. "Foi o drive-in que me conquistou. Aquele negócio excêntrico e quase oculto de Rosa permitiu que eu convivesse com ela e a namorasse sem me sentir completamente estrangeiro."

Achei que Tônio não estava se referindo ao fato de se sentir estrangeiro no Brasil por ser vietnamita ou norte-americano. Ele estava falando da sensação de ser um desterrado, de ter perdido sua terra e de ter sido, quase a vida toda, um clandestino.

"Certo", eu disse, "o drive-in fez você se sentir em casa, não é?"

Tônio me olhou com uma espécie de simpatia que era o oposto da condescendência enfastiada de antes.

"No começo, antes de eu me mudar para a casa de Rosa, vivi no drive-in com Dung. De certa forma, era perfeito. Como você disse, pela primeira vez a gente se sentia em casa desde a saída de Saigon."

"Minha história nem se compara com a sua", comentei, "mas também sou uma espécie de desterrado, e sei que a gente só consegue se sentir em casa nas margens. O lado B do sexo é uma boa escolha: é pouco falado, obscuro, marginal sem ser propriamente criminoso, não é?" Terminei com uma pergunta: "Dung também se sentia em casa vivendo nos bastidores do drive-in?".

Por um instante, Tônio pareceu contrariado. Talvez estivesse se perguntando se minha interrogação continha algum tipo de condenação moral, como se eu o estivesse acusando de ter levado a filha para um lugar inadequado. Mas foi só por um instante.

"Nos nossos dez primeiros anos nos Estados Unidos", ele contou, "vivíamos na periferia de Boston, em Dorchester, onde havia, e ainda há, uma grande comunidade de refugiados vietnamitas. 'Vivíamos' é modo de falar, porque eu viajava o tempo inteiro. Dung era uma menina e morava com parentes da mãe dela. Quando chegou à adolescência, não havia quem a segurasse. Ela se enturmou com uma gangue irlandesa de South Boston — tráfico de droga, furtos, assaltos, quebra-quebras com gangues rivais. Eu imaginei que a gangue estivesse servindo para Dung se sentir aceita em um grupo, para não ser vista mais apenas como uma 'china' ou uma *gook*, mas eu estava errado: o que ela procurava não era um grupo ao qual pertencer. De certa forma, era o contrário: o que lhe interessava na gangue era a marginalidade dos atos e do território, porque ela só conseguia se sentir bem nas margens.

"Então, respondendo à sua pergunta, sim, vale para ela e para mim: somos marginais, os dois, e é uma condição meio sem volta. Acho que Rosa gostou disso em mim. E eu gostei que ela gostasse."

Tônio se levantou. Ele tinha que ir.

"Você acha bom para Woody e as crianças essa ida ao Brasil?", perguntei, enquanto o acompanhava até o elevador.

"Acho", ele respondeu sem hesitar. E não acrescentou nada como um apareça-lá-em-casa. Apenas se despediu com um breve aperto de mão.

Fim de dezembro de 2003
Nova York

Jeff ligou para o meu celular mais ou menos dez dias depois, à noite. Estávamos em pleno clima de Natal, com a cidade cheia de luzes e decorações. O pinheiro do Rockfeller Center já estava iluminado, disso tenho certeza, porque o telefonema me pegou na rua 50, e me lembro de que, enquanto conversava com Jeff, eu olhava para o pessoal patinando no gelo, embaixo da árvore.

Jeff estava com saudade, foi o que ele me disse, o que era insólito. Mais insólito ainda, ele recusou minha sugestão de nos encontrarmos, como sempre, num restaurante. Alegou que não andava com muito apetite naqueles dias e propôs que eu fosse à casa dele.

Isso era inédito mesmo. Jeff gostava de ser e parecer uma força da natureza, como ele diria, com seu amor pelas metáforas moribundas. Além disso, ele morava num apartamento minúsculo, um conjugado, para onde nunca convidava ninguém. Ele mencionar sua falta de apetite e preferir ficar em casa mostrava que a coisa era séria. Perguntei: "Jeff, você está doente?".

Ele respondeu: "Sim, estou. Tenho um câncer que vai me levar para a cova, mas isso só virá ao caso na hora de resumir as façanhas da minha vida e os percalços da minha morte. Deixemos essa preocupação para os redatores da página de obituários do *New York Times*. Então, amanhã aqui em casa quando você sair do consultório?".

"O.k.", respondi, pensando que provavelmente aquela seria toda a conversa que ele me permitiria sobre sua doença.

No dia seguinte, quando cheguei, a porta estava destravada. Entrei e encontrei Jeff de gravata borboleta e sapatos, deitado na cama, o que não significava grande coisa: no único ambiente do apartamento, só cabiam, além de uma mesa e uma estante, a cama e uma pequena poltrona, na qual me instalei.

Além de deitado, Jeff estava visivelmente bêbado e decidido a beber mais: havia duas garrafas de Single Malt para isso, na mesa de cabeceira.

"Entre, meu caro amigo, participe do meu ágape", ele me acolheu.

A embriaguez avançada lhe conferia uma expressão sabichona e desconfiada, que dizia "ninguém me engana": uma espécie de careta paranoica.

É uma das reações possíveis, quando somos ameaçados por algo que não faz sentido, uma doença fatal, por exemplo: acreditamos que o mundo conspira contra nós. O complô dá sentido ao que aconteceu conosco. É uma espécie de melhora: continuamos doentes, mas não é mais por um azar incompreensível; é por causa de uma ordem — escondida e hostil, mas, mesmo assim, uma ordem.

De fato, depois de ter me acolhido, Jeff disse: "Está começando a fazer sentido, tudo começa a fazer sentido".

Tentei distraí-lo contando-lhe que Woody tinha voltado

ao Brasil; imaginei que ele fosse achar que esse era um bom desfecho para a história que ele conhecia.

"Então ela vai voltar para casa, vai escapar, aquela vaca", ele disse. A grosseria era descabida no caso de Woody e inusitada na boca dele.

"Por que 'vaca'?", perguntei.

"Você acha que sabe tudo", Jeff parecia estar a fim de implicar comigo. "Mas você não sabe nada de nada."

Tentei amenizar o clima lançando um chavão do tipo que Jeff gostava: "Só sei que nada sei, disse o filósofo".

"Você não entende mesmo. Foi ela que matou o marido."

"Como assim?", exclamei. "Woody não pode ter assassinado Khaloufi, ela estava no Brasil."

"Nada é o que parece, Carlo", retomou Jeff, feliz de poder recorrer a uma frase mais que feita. "E, às vezes, o que parece é apenas uma diversão. O que foi que você viu naquela segunda-feira de julho na plateia da sua palestra, Carlo?"

Os dois abajures laterais da cama eram a única fonte de luz, e com essa iluminação o rosto congestionado e os olhos avermelhados pelo álcool transformavam Jeff numa figura demoníaca.

"Como assim, o que eu vi? Vi Woody Luz."

Jeff continuava a fim de me agredir: "E ainda é você o psicólogo. Será que você se esqueceu de tudo o que a teoria da gestalt nos ensinou? Naquele dia você viu, de longe, uma mulher vestida de vermelho e branco, que lhe mandou um bilhete vermelho e branco, no qual ela se referia a uma festa vermelha e branca — que era, aliás, para você, uma grande fonte de preocupação. Com a preparação das semanas anteriores, um gorila com os pelos pintados de vermelho e branco poderia ter entregado pessoalmente para você um bilhete vermelho e branco, e você teria visto e juraria ter visto Woody Luz".

Jeff se serviu da segunda dose de uísque desde a minha chegada, um copo quase cheio, sem gelo. Ele estava cada vez mais bêbado e, paradoxalmente, mais lúcido.

"Espera aí", tentei me defender. "Eu vi Woody, e bem de perto, no dia seguinte. Que tal?"

"Calma lá", disse Jeff. "Há um truque antigo que quase sempre funciona muito bem, a não ser quando as forças do mal tentam ludibriar um policial mais sábio e desconfiado do que um psicólogo crédulo como você, meu caro amigo. Para o truque, é preciso que haja duas pessoas cúmplices e que se pareçam fisicamente. Duas irmãs, por exemplo.

"Como, obviamente, você, meu caro e ingênuo amigo, não está entendendo, vou explicar: em algum momento Joan, a irmã de Woody, vem do Brasil para os Estados Unidos, onde entra com seu passaporte brasileiro. Se bem me lembro, Woody disse que a irmã estava em Nova York em julho, não é? Fazendo uma visita."

Confirmei, e ele continuou: "Depois disso, Joan volta para o Brasil, por exemplo em 11 de julho, só que utilizando o passaporte americano de Woody. A essa altura, Woody está oficialmente no Brasil, enquanto aqui nos Estados Unidos ficou Joan, uma turista. Nesse ínterim, Khaloufi é assassinado. Não poderia ter sido Woody, porque oficialmente ela está no Brasil — aliás, ela até foi vista na palestra do seu terapeuta. Só que não era Woody; era Joan. Na noite de segunda-feira, a verdadeira Woody, depois de ter assassinado seu consorte, está viajando, está indo ao Brasil com o passaporte brasileiro de Joan. Entendeu o truque, meu ilustre e crédulo amigo?".

Difícil dizer se eu era crédulo por ter aceitado facilmente explicações mais simples do assassinato de Khaloufi ou, então, se eu era crédulo por estar escutando as divagações etílicas de Jeff.

De qualquer forma, Jeff insistiu: "Woody devia estar viajando para São Paulo na noite da sua palestra, enquanto você registrava a presença dela (de Joan, na verdade) na plateia. Assim, a verdadeira Woody estaria pronta para receber seu telefonema no dia seguinte". Jeff, já no fim do quarto copo, falava febrilmente, com uma acuidade que mais parecia efeito de um excesso de anfetamina que de álcool.

"Você está querendo me dizer o quê?", perguntei. "Que todas as sessões de Woody comigo, em julho, não passaram de preparativos para ela construir um álibi?"

"É uma possibilidade", admitiu Jeff.

Insisti: "Então, você acredita mesmo que Woody matou Khaloufi?".

"Repito: é uma possibilidade. Talvez tenham feito você de bobo, meu amigo. Mas não se aborreça, não é nada de mais. Todo mundo faz todo mundo de bobo."

Embora não houvesse como competir com o pensamento acelerado de Jeff, não me dei por satisfeito: "Tem uma coisa", eu disse. "Por que Woody mataria Khaloufi? Tudo bem, os dois estavam em conflito e, com a morte de Khaloufi, Woody criaria os filhos como bem entendesse. Mas quando Woody falava de Khaloufi, mesmo quando explicava que ele era diferente e chato, era sempre com carinho, se não com amor. Ou, então, vai ver que Woody era uma grande atriz."

Como era de esperar, Jeff respondeu sem hesitação e num tom triunfalmente sarcástico: "Só quem pode julgar o talento dramático de sua paciente é você, meu amigo". O tom deixava subentendido que, justamente, eu não era um crítico confiável.

Jeff continuou: "Agora, há várias razões pelas quais Woody poderia querer matar Khaloufi". Aqui Jeff levantou o polegar esquerdo e começou: "A primeira e a mais importante, e a que sempre esquecemos na nossa ridícula procura por motivações e interesses escusos, é: mata-se porque se descobre que é possível matar e se dar bem. É uma razão suficiente. Matar é uma grande emoção, meu amigo, e se você descobrir que é possível matar, vai ser difícil deixar de fazê-lo. Woody pode muito bem ter concebido o estratagema que acabo de lhe apresentar. Ela viu que, com a ajuda de Joan, poderia matar o marido impunemente. E, podendo... por que não?".

Era uma tese elegante e sedutora, mas eu não estava convencido. Jeff levantou o indicador esquerdo: "Segundo, ela matou Khaloufi para se desfazer de um emplastro que nem ela nem as crianças mereciam. E terceiro", ele acrescentou levantando o polegar da mão direita, "que pode muito bem estar combinado com o segundo e o primeiro pontos, ela o matou pelo dinheiro do seguro".

"Mas ela nem sabia da existência do seguro", protestei.

"É mesmo? E foi ela em pessoa que revelou esse detalhe ao ingênuo terapeuta? E se, ao contrário, ela mesma tivesse assegurado a vida do maridão?", debochou Jeff.

Pela conversa que eu tivera com Tônio, era provável que Khaloufi há tempos fosse considerado um dissidente em seu grupo. Portanto, ele teria tido uma boa razão para temer por sua vida e contratar um seguro. Mas para explicar tudo isso a Jeff, eu precisaria primeiro lhe contar quem era Tônio. A perspectiva disso me dava uma enorme preguiça. Além do mais, Jeff, provavelmente, apenas ampliaria sua teoria conspiratória, alegando que Woody tinha assassinado Khaloufi com a cumplicidade não só de Joan mas do padrasto, da mãe e sabe lá de quem mais. Talvez até de mim.

Então foi minha vez de ser sarcástico: "Eu pensei que o detetive Palmer tivesse lhe contado que Khaloufi foi assassinado por seus colegas da gangue de Newark".

Jeff sorveu um longo gole de seu sexto copo de uísque e disse: "Ah! Palmer. Como se ele se importasse muito com essa história". E foi tudo. Jeff capotou de repente e começou a roncar.

Tirei seus sapatos e sua gravata borboleta, afrouxei seu cinto e o colarinho. Tentei ajeitá-lo de maneira que a cabeça ficasse acomodada num travesseiro e o cobri com uma manta que encontrei no armário.

Sentado na poltrona ao lado da cama, saboreando, enfim, eu também, um pouco de Single Malt, pensei que a história de Woody tinha sido um bom pretexto para Jeff liberar sua veia paranoica. Ele precisava disso para lidar com um diagnóstico que eu não sabia exatamente qual era, mas que devia ser péssimo.

Na manhã seguinte, um pouco antes do almoço, liguei para Jeff. Ele estava bem e não se lembrava de nada. Quando eu lhe disse que ele levantara algumas hipóteses inéditas sobre a morte de Khaloufi, ele se lembrou de imediato da versão de Palmer e dos que investigavam o crime: "Mas eu pensei que já soubéssemos", ele se espantou. "Palmer não afirmou que foi o grupinho de Khaloufi, aquele pessoal de Newark?"

Era no que eu também continuava acreditando. Mas o estrago estava feito. Para usar uma expressão que o próprio Jeff tinha inventado em outra circunstância, a bebedeira do meu amigo me colocara, de vez, "um papagaio no ombro". Ou seja, muito mais que uma pulga atrás da orelha.

Nas férias de Natal e de ano-novo, decidi escrever um relatório sintético, mas completo, dos eventos daqueles últimos seis meses — só para protegê-los do esquecimento.

Para concluir essa tarefa, em fevereiro de 2004 passei quatro dias em Skytop, na Pensilvânia, em um resort que eu conhecera justamente com Jeff. Três ou quatro vezes por ano, sobretudo no inverno, subíamos até Skytop de carro e passávamos uma tarde no *skeet* do clube de tiro.

No terceiro dia dessa minha estadia de fevereiro em Skytop, Jeff veio de Nova York. Ficamos duas horas atirando em silêncio: foram duzentos e cinquenta cartuchos cada um e quase quatrocentos pratos derrubados. Nada mau.

Fora isso, só me lembro de um comentário que Jeff fez, quando, na hora de ele entrar no carro para voltar à cidade, perguntei se estava bem. "Estou cansado", ele disse, "sempre cansado. É uma pena, porque o mal costuma ser filho da inércia. Ele ganha de nós porque estamos cansados — cansados a ponto de deixar acontecer coisas que poderíamos impedir e cansados a ponto de acreditar em explicações que poderíamos refutar."

Reparei que o cansaço de Jeff em nada comprometia sua verve retórica.

Epílogo
22 de dezembro de 2010

Em 2004, para me afastar da agitação dos últimos seis meses de 2003, decidi ir para a Itália, à procura do legado de meu pai. Não sei se o encontrei. Mas talvez eu tenha encontrado a mulher que Anna havia me encorajado a "arrumar", como ela dissera.

Enfim, minha vida tomou rumos que me fizeram esquecer os acontecimentos de 2003. Tanto que, quando estive de novo em Paris em 2004, nem pensei em procurar LeeLee. Eu tinha outros desejos e outros enigmas na cabeça.

Ao longo de 2004, Jeff foi internado várias vezes. Eu viajava bastante entre Nova York e Itália, mas, quando minhas estadias em Nova York coincidiam com suas internações, eu passava horas com ele no hospital Sloan-Kettering, na York Avenue, entre a rua 67 e a rua 68.

Um dia, no fim de 2004, quando por algum motivo eu pensava que ele estivesse se recuperando, li no *New York Times* a notícia da morte do meu amigo.

Sete anos depois de sua primeira sessão comigo, Woody Luz me telefonou. Era junho de 2010, ela estava de passagem por Nova York, voltaria ao Brasil naquela noite e precisava muito me consultar sobre algo específico e pontual.

Só pude lhe oferecer um encontro de quinze minutos, entre um paciente e outro. E acreditei que fosse mesmo tudo de que ela precisava, senão ela teria me telefonado com alguma antecedência e não na manhã do dia de sua volta ao Brasil.

Woody entrou no consultório, sentou-se e, sem que eu perguntasse, me informou que Rosa estava bem, Tônio tinha sido devastado por uma série de acidentes vasculares cerebrais e Dung se casara e vivia em Porto Alegre.

"Agora, o que você não sabe", continuou Woody, "é que Rosa e Tônio tinham um drive-in. Já imaginou? Achei divertido demais. Mas eu só soube disso quando Tônio não tinha mais condição de administrar nada e eles foram obrigados a vender o drive-in."

"Woody", eu disse, "você veio aqui para me colocar em dia e me entreter com notícias recreativas?"

Woody não respondeu, mas em seguida chegou ao objetivo de sua visita: "Fátima vai bem, está namorando firme e é bem brasileira. Agnóstica com um lado espírita, vai entender. Mas estou preocupada com Ismael. Estava tudo certo até umas poucas semanas atrás, quando Ismael manifestou o *niyya*, você sabe o que isso significa?".

"Mais ou menos", respondi. "É a intenção de fazer o *hajj*, a peregrinação para Meca, que todo muçulmano deve fazer uma vez na vida. É isso?"

"Isso mesmo", confirmou Woody. "Em tese, ele viajaria em novembro, na época prescrita para a peregrinação."

"Mas de onde surgiu esse interesse dele pelo islã?", perguntei. "Ismael manteve contato com a família do pai? Ele viajava para lá durante as férias? Ou foi porque frequentou uma escola muçulmana no Brasil?"

"Não, doutor, a família de Khaloufi nunca mais nos procurou depois da morte dele. E Ismael frequentou a mesma escola de Fátima, uma escola em tese católica, mas na verdade meio laica. Há uma escola islâmica, isso sim, perto de casa, na Vila Carrão, e Ismael fez alguns amigos lá. Foi com eles que começou a frequentar a mesquita do Brás. Na verdade, não me preocupei muito. Afinal, ele sabe que o pai era muçulmano, por que não seguiria o mesmo caminho?"

"O mesmo caminho?", salientei, quase soletrando, para que Woody ouvisse as possíveis implicações do que acabava de dizer. "O mesmo caminho? Até onde, Woody?"

Ela se assustou com suas próprias palavras: "Não, não, é claro que eu não gostaria que ele seguisse o mesmo caminho de Khaloufi".

"Woody, você receia que Ismael se coloque de alguma forma em perigo por causa de sua escolha religiosa?"

"Não sei, doutor, mas ele tem uma visão um pouco peculiar do que aconteceu com o pai dele, uma visão muito diferente da minha. E agora Tônio não pode mais conversar com ele. Ismael fala sempre que "os americanos" mataram o pai dele. Acho que é um jeito de idealizar Khaloufi, na lembrança. Quer saber? Agora, falando tudo isso com você, acho que estou com medo que ele volte do *hajj* transformado num fanático vingador da memória do pai."

"Woody", interrompi, "o assassinato de Khaloufi foi resolvido? Alguém foi preso, acusado e processado?"

"Não", ela respondeu de maneira inesperadamente pouco dramática. "Ficou por isso mesmo — o que faz com que as minhocas circulem à vontade pela cabeça de Ismael. E com isso chego à questão que vim discutir com você, doutor. Existe uma regra que diz que o desejo de fazer a peregrinação, o *niyya*, só é válido se ele não contraria ninguém. Se eu me manifestasse contra, isso atrapalharia o plano de Ismael. Talvez ele desistisse de viajar. Você acha que devo me opor?"

Era uma maluquice. Como é que eu ia responder, depois de quinze minutos de conversa, recapitulando um processo de seis anos sobre o qual não sabia nada? Optei por uma generalidade.

"Woody, se o que mais você receia é que Ismael se torne um homem-bomba", eu disse, brincando, mas me dando conta imediatamente de que a preocupação dela não estava muito longe disso, "posso lhe dizer o seguinte: se alguém está vivendo uma contradição radical, pressionado por coisas inconciliáveis e igualmente importantes, por exemplo, a lembrança do pai e o amor da mãe, pois bem, se alguém está vivendo uma contradição desse porte, ele pode imaginar que o único jeito de resolvê-la seja através de seu próprio desaparecimento. A verdadeira solução de uma contradição radical é o sumiço de quem a experimenta. Algo assim: uma vez que a contradição é minha, se eu morrer, se explodir, o mundo reencontrará a paz.

"Portanto", concluí, "meu conselho é o seguinte: melhor não acuar Ismael, melhor não tornar ainda mais aguda a contradição na qual ele pode estar. Dê-lhe tempo e corda para que, com um pouco de sorte, ele consiga resolvê-la de uma forma que não seja suicida."

Os quinze minutos tinham se esgotado, e um paciente já devia estar esperando na sala ao lado. Enquanto Woody me agradecia por tê-la atendido, numa espécie de impulso, acrescentei:

"Woody, há seis anos, logo depois de você voltar ao Brasil, escrevi um relatório do que aconteceu naquele ano. Talvez fosse interessante para Ismael ler esse texto. Enfim, não sei; nunca o reli e, se bem me lembro, há várias coisas lá que não têm a ver com você e Khaloufi. Mas eu não o corrigiria; acredito que o texto só pode ajudar Ismael a formar uma opinião sobre o que aconteceu se ele confiar que é mesmo o que eu entendi e vivi na época, você não acha?"

Woody manifestou entusiasmo: "Claro que sim! E como podemos fazer? Eu levo o texto para ele?".

"Não, Woody, não há por que esse texto chegar a ele através de você. Se Ismael quiser lê-lo, peça que entre em contato comigo por e-mail."

"Ele vai lhe escrever. Meu Deus, seria maravilhoso se ele pudesse entender um pouco melhor o que aconteceu. Eu mesma gostaria de ler o que você escreveu. Quem sabe depois dele, pode ser?"

Poucos dias depois, recebi de Ismael uma mensagem lacônica: "Pode me enviar o relatório de 2003?". Será que o pedido vinha dele mesmo? Podia ser uma conta de e-mail criada por Woody, por exemplo. Não havia como saber.

Reli as oitenta páginas do relatório pela primeira vez desde os acontecimentos de 2003. Eu não me lembrava de haver detalhado ali as elucubrações um tanto delirantes de Jeff bêbado. A ideia de suprimi-las era tentadora, pois talvez elas confirmassem as suspeitas infundadas de Ismael, mas não me autorizei a alterar nada; apenas mudei o nome de LeeLee.

Dane-se, pensei, a verdade nos e vos tornará livres. Embora, no caso, a verdade era que eu não sabia qual era a verdade. Não totalmente.

Anexei o relatório à minha mensagem de resposta, na qual disse a Ismael que ele podia me escrever e me questionar se ele tivesse dúvidas de qualquer tipo.

Até agora, passados seis meses, Ismael não se manifestou. Não tive notícias nem de Woody nem dele.

No mês passado, novembro de 2010, recebi um e-mail de LeeLee. Na verdade, era um e-mail que provinha do endereço dela, mas escrito e assinado por An, seu filho. Ele me comunicava que LeeLee morrera naqueles dias — uma metástase, no fígado, do câncer que ela parecia ter vencido muitos anos antes.

An acrescentava que a mãe o tinha encarregado de me informar de sua morte com as seguintes palavras, que ela tinha ditado em seus últimos dias e que ele reproduzia textualmente:

Carlo, querido, no regrets. Valeu, a gente se divertiu, foi tudo Número Um. É uma pena que eu tenha estado ocupada quase o tempo todo. Uma coisa: se você puder, conte ao meu filho o que aconteceu naquele verão de 2003. Eu nunca consegui fazer isso direito. Gostaria que ele soubesse que ele não deve nada nem a mim nem a quem quer que seja. Nada mesmo.

LeeLee

A dor me manteve acordado madrugada adentro.

Perguntei a An se ele estaria em Paris nos próximos dias. Quando ele me respondeu que sim, mandei a ele uma cópia do mesmo relatório de 2003. Pensei, não sei bem por quê, que se eu o mandasse anexado a um e-mail ele não se daria ao trabalho de imprimi-lo e acabaria não o lendo. Resolvi, portanto, enviar o texto pelo correio.

Também para An mandei o texto tal como ele tinha sido escrito em 2003-2004, alterando desta vez os nomes de Woody e de sua família, inclusive o nome americano e vietnamita de Tônio. Numa carta que enviei junto com o relatório, disse a

An que, se ele quisesse se encontrar comigo, eu mandaria um cronograma dos meus deslocamentos entre o Brasil e a Europa. Além disso, na falta de um encontro, estava disposto a responder por escrito às eventuais perguntas que a leitura lhe suscitasse.

Na hora de mandar o texto para An, na fila do correio, ocorreu-me que seria bom que eu mandasse o texto para meu filho. Ele era totalmente alheio aos acontecimentos de 2003, mas talvez a leitura pudesse precavê-lo contra legados incômodos que por acaso eu tivesse lhe transmitido, sem querer. A ele também mandei uma cópia impressa, depois de ter alterado todos os nomes próprios.

Nova York é uma província. Hoje, 22 de dezembro, encontrei Charles Palmer comprando camisas na Brooks Brothers de Columbus Circle. Ele me reconheceu prontamente, embora tivéssemos nos encontrado só uma vez, sete anos antes.

Nenhum de nós comprou camisa alguma, mas subimos pela Broadway, avançando com dificuldade contra o vento gélido e conversando sobre a história de Woody e Khaloufi.

"Aliás", perguntei, "ninguém foi preso pelo assassinato de Khaloufi?"

"Não que eu saiba", respondeu Palmer.

"Você se lembra que na época Jeff Elm conversou com você sobre o caso?"

"Jeff Elm?" Palmer parecia genuinamente surpreso.

Ele conhecera Jeff de nome e pessoalmente. "Uma grande perda", ele comentou ao saber que Jeff tinha sido meu amigo. A banalidade da expressão me pareceu justificar, de repente, todos os esforços de Jeff para surpreender seus interlocutores com palavras e frases inusitadas.

Seja como for, Palmer foi categórico: Jeff nunca falara com ele sobre o caso Khaloufi. Desconcertado, acabei contando a Palmer o que Jeff tinha me dito, ou seja, que, segundo o próprio Palmer, Khaloufi tinha sido eliminado por seus colegas da gangue de Newark.

Palmer pareceu gelar, o que não era difícil, considerando o frio. Ele não desmentiu nem confirmou, desejou-me boas festas, e, ao se despedir, apertou minha mão e disse, com uma intensidade excessiva: "Cuide-se, doutor".

Engraçado, logo antes de sair de casa recebi um e-mail de An, filho de LeeLee, manifestando-se pela primeira vez desde que lhe mandei o relatório sobre os fatos de 2003. Eram só votos de boas festas, agradecimentos genéricos e, no fim, a mesma sugestão benevolente: "Take care", cuide-se.

Mais que engraçado, era exasperante. Um depois do outro, meu filho e Pedro me ligaram. Meu filho anunciou que não estaria em Nova York para o Natal, mas viria depois, para passar a virada do ano comigo. Mandou um abraço e, de novo, a mesma frase: "Take care, dad", cuide-se, pai.

Pedro queria saber se eu topava passar o réveillon numa casa que ele tinha alugado na Bahia. Eu disse que já tinha outros planos e que, de qualquer forma, seria tarde para conseguir passagens. Nos desejamos mutuamente boas festas e ele também concluiu: "Take care, meu velho".

Quatro vezes em três horas. Algo deve estar errado com eles. Ou comigo. Seja como for, tudo bem: eu vou me cuidar.

P.S.
17 de janeiro de 2011

Li na imprensa que ontem Ismael Luz Khaloufi, de dezenove anos, cidadão estadunidense e brasileiro, foi preso no aeroporto de Gatwick, em Londres, tentando embarcar num voo para Chicago calçando tênis que na verdade eram uma bomba capaz de derrubar o avião.

Talvez, ao revistarem a casa de Ismael ou o computador dele, os agentes encontrem meu relatório de 2003.

Terá meu texto contribuído para a escolha terrorista de Ismael? Ou será que, se o tivesse lido com cuidado, Ismael teria desistido de querer se explodir pelos ares?

Não sei dizer.

ESTA OBRA FOI COMPOSTA POR RITA DA COSTA AGUIAR EM MERIDIEN
E IMPRESSA PELA GEOGRÁFICA EM OFSETE SOBRE PAPEL PÓLEN SOFT DA SUZANO
PAPEL E CELULOSE PARA A EDITORA SCHWARCZ EM ABRIL DE 2011